Knaur
Lemon

Über den Autor:

Pedro Mairal wurde 1970 in Buenos Aires geboren. Er studierte Literatur an der Universität von Salvador, wo er mittlerweile als Assistent am Lehrstuhl für Englische Literatur arbeitet und Workshops für Kreatives Schreiben veranstaltet. Sein erster Roman, *Eine Nacht mit Sabrina Love,* wurde 1998 mit dem renommierten Literaturpreis *Premio Clarin de Novela* ausgezeichnet und in Argentinien erfolgreich verfilmt.

Pedro Mairal

Eine Nacht mit Sabrina Love

Roman

Aus dem Spanischen
von Alexandra Messerer

Knaur Lemon

Die argentinische Originalausgabe erschien 1998
unter dem Titel *Una Noche Con Sabrina Love*
bei Clarin / Aguilar U. T. E., Buenos Aires.

Besuchen Sie uns im Internet:
www.knaur-lemon.de
Sagen Sie uns Ihre Meinung zu diesem Buch:
lemon@droemer-weltbild.de

Deutsche Erstausgabe

Redaktion: Angela Troni
Umschlaggestaltung: ZERO Werbeagentur, München
Umschlagabbildung: Corbis, Hamburg
Satz: Ventura Publisher im Verlag
Druck und Bindung: Clausen & Bosse, Leck
Printed in Germany
ISBN 3-426-61512-6

5 4 3 2 1

1

Da die Show von Sabrina Love noch nicht begonnen hatte, zappte Daniel sich durch die sechzig Programme des schwarz empfangenen Kabelfernsehens, schaltete aber jedes Mal schon nach wenigen Sekunden weiter. Ein Moderator, der Meeresgrund, ein paar Giraffen, Verfolgungsjagden, Frauen aus Venezuela im Gespräch, ein Vulkanausbruch, Autobahnen im Morgengrauen Spaniens, ein Mann mit Horrorfratze, Hände, die eine Torte verzierten. Eine Abfolge von sich aneinander reihenden Wortfetzen: »Nun kommen wir also zu …«

»Das wirst du nie schaff …« »Völlig unwahrscheinlich und erstaun …« »… strophe der letzt …« »Und nun der alte Mann …« »Der oberste Gerichtsh …« »Die Ebene von …« »Für die kleine Laura.« Eine einzige, hastig zusammengesetzte absurde Geschichte, in der die Sonne auf der Wetterkarte über der Kenia-Dokumentation erstrahlte, wo die Löwen bei der Paarung die Zähne zeigten und dabei die gleiche Stellung einnahmen wie das nordamerikanische Paar auf dem Pornokanal, das ebenfalls die Zähne zeigte und die Augen geschlossen hatte, als wollte es das Bild aus der Nachrichtenmeldung über die Iraker vergessen, die mit ihren schweren Maschinengewehren auf einen argentinischen Schützen zielten, der auf die Knie gefallen war und die Arme erhoben hatte, weil er wusste, dass man ihn töten würde, und der sein ganzes Leben nun in einem einzigen Augenblick noch einmal an sich vorbeiziehen sah, angefangen bei den Zeichentrickfilmen seiner Kindheit. Eine unendliche Geschichte, deren Tempo Daniel beschleunigte, als wollte er versuchen, die Zeit bis zum Anfang der Show von Sabrina Love schneller verstreichen zu lassen. Nur bei einem sich leidenschaftlich küssenden Paar, das begann, sich im blauen Halbdunkel eines B-Movies auszuziehen, verweilte er etwas länger. Er hoffte, diese Szene noch möglichst lange auskosten zu können, bevor das unvermeidliche Bild von dem brennenden Kaminfeuer ihr ein Ende setzen, der nächste Tag durch die Einblendung der Hausfront angekündigt und die Hauptdarstellerin mit großer Anstrengung versuchen würde, die Bettdecke verschämt bis ans Kinn zu ziehen.

Das Licht des Fernsehers machte das Zimmer heller und größer, so dass die nackten Frauen auf den Faltpostern, die Daniel aufgehängt hatte, seltsame Grimassen zu schneiden schienen. Die Poster waren schon ganz wellig geworden von der Feuchtigkeit der heftigen Regenfälle, deretwegen die Flüsse in Küstennähe über die Ufer getreten waren und die Landstraße von Curuguazú nach Buenos Aires unpassierbar gemacht hatten. Die nächtliche Hitze erinnerte an den Atem eines gewaltigen Tieres. Daniel saß auf der Bettkante, schlug nach Mücken und zappte sich durch die Programme, indem er die Knöpfe des Konverters mit einer Stricknadel drückte.

Blieb er etwas länger bei einem Programm, wedelte er mit der Nadel in einem imaginären Rhythmus in der Luft herum, ohne den Fernsehschirm auch nur eine Sekunde aus den Augen zu lassen. In der anderen Hand hielt er einen Zettel, auf den er eine Nummer gekritzelt hatte: 2756. Ab und zu schaltete er auf den Pornokanal um. Im Moment waren zwei Frauen unablässig damit beschäftigt, sich am Rand eines Schwimmbeckens gegenseitig abzulecken. Er kannte den Film bereits. Die beiden würden noch zweimal zur Sache kommen, mit den entsprechenden Dialogen dazwischen, dann der Abspann und danach – endlich – die Show von Sabrina Love.

Er verließ sein Zimmer und schloss die Tür mit einem Schlüssel ab, den er in seiner Hosentasche hütete. Im Dunkeln überquerte er den Hof mit seinem Teenagergang, fast schlaksig, als ob einige seiner Gliedmaßen zu lang geraten wären. Man konnte hören, wie sich die Hunde in der Nachbarschaft im heißen Schatten anbellten. Er ging in die Küche und öffnete den Eisschrank. Einen Moment lang blieb er stehen, um die Kälte zu spüren, und sah sich die Flaschen und Essensreste an. Schließlich griff er nach einer Wasserflasche und schloss den Kühlschrank wieder. Plötzlich hörte er die kurzen Schritte seiner Großmutter, jeder zweite von dem Klopfen ihres Stockes begleitet.

»Daniel, bist du das?«

»Ja, Oma.«

»Warum bist du denn so spät noch auf?«

»Ich hatte Durst.«

Im Halbdunkel sah er, wie sie sich langsam näherte, ihr Körper gebrechlich, die Arme mager, aber mit genügend Kraft, um sich noch gut am Stock abstützen zu können.

»Soll ich dir was zu essen machen?«

»Nein, ich muss schlafen«, antwortete er und nahm einen großen Schluck Wasser.

»Musst du morgen arbeiten?«

»Ja, in zwei Stunden, um fünf.«

»Aber Daniel, weißt du, wie spät es ist? Immer bist du so lange auf. Deine Mama hat immer gesagt, du bist schon mit offenen Augen …«

»… auf die Welt gekommen, ich weiß.«

»Genau. Du solltest jetzt wirklich ein wenig schlafen«, sagte sie. Sie strich ihm den Pony zur Seite und berührte dabei liebevoll seine Wange.

Er ließ die Liebkosung zu, wünschte ihr eine gute Nacht und trat eilig auf den Hof hinaus.

»Daniel, Liebling, morgen Nachmittag kommt deine Schwester zum Saubermachen, schließ also bitte deine Tür nicht ab.«

Daniel ging in sein Zimmer und schob den Riegel vor.

Er setzte sich auf den Bettrand. Die Show von Sabrina Love hatte bereits begonnen. Zu Musik, die das Blut der Zuschauer in Wallung brachte, zeigte Sabrina sich gerade in diversen Stellungen und Dessous, um die verschiedensten erotischen Fantasien wahr werden zu lassen. Sie war eine große Blondine mit wilder Löwenmähne, roten Lippen, die den Eindruck erweckten, als würden sie jeden Moment aus ihrem Gesicht springen, einer beachtlichen Oberweite und ausladenden Hüften, die ihr, wenn sie wie hingegossen auf dem Bett lag, eine gewisse Ähnlichkeit mit einer sinnlichen Stute verliehen, die sich gerade der Sonne entgegenstreckt. Diesmal moderierte sie ihr Programm aus dem Whirlpool. Das derzeit begehrteste männliche Sexsymbol war auch mit von der Partie. Gemeinsam führten sie durch die Sendung, während der es Sabrina mehrmals gelang, ihr Gegenüber mit ihren schlüpfrigen Anspielungen in Verlegenheit zu bringen. Außerdem präsentierte sie schrille Beiträge aus Sexshops, Stellungnahmen von Sexualwissenschaftlern, Ausschnitte aus Pornofilmen, in denen sie mitgespielt hatte, befasste sich mit ihrer Zuschauerpost und gab nützliche Tipps fürs Bett – wobei sie alles mit einer unvergleichlichen Unschuld und Heiterkeit präsentierte. »Und jetzt, meine geliebten, göttlichen Säugetiere«, sagte sie und rückte ihr üppiges Dekolletee in die Kamera, »kommen wir endlich zu dem Teil der Sendung, auf den alle warten: zu der Verlosung, wer mit mir eine Nacht im Hotel Keops verbringen darf, wir zwei beiden ganz allein, atemlos vor Leidenschaft.« Sie krabbelte nun, in Strapsen und schwarzem Mieder, über einen riesigen Papierberg, der mit einer Plastikfolie überzogen war. »So viele Männer«, raunte sie, als sie wieder zurückkam, »und, wie man mir in der Redaktion gesagt hat, sind auch einige Frauen darunter. Das kann also eine ganz schöne Überraschung werden.« Daniel warf einen Blick auf seine Nummer.

Er hatte vor einem Monat angerufen, als es ihm nach einigen unerlaubten Aktionen endlich gelungen war, den Pornokanal zu empfangen. Alles hatte damit begonnen, dass er eines Nachmittags auf das Terrassendach geklettert war, um die

Antenne neu auszurichten, weil der Empfang des Lokalsenders ständig gestört war. Dabei war er auf ein neues, blaues Kabel gestoßen, das in die Nachbarwohnung führte. Es war der Anschluss für das Kabelfernsehen, das erst vor kurzem von Buenos Aires nach Curuguazú verlegt worden war und das bisher nur sehr wenige empfangen konnten. Bei Tagesanbruch zapfte er die Leitung mit einem Kabel an und verlängerte sie bis in sein Zimmer. Nun brauchte er nur noch einen Fernseher. Den seiner Großmutter konnte er nicht nehmen, sonst hätte er sie ihrer einzigen Unterhaltung beraubt. Er ging also zum dicken Carboni, der bekanntlich mit heißer Ware handelte. In der Nähe der Villen, in einem Schuppen, voll gestopft mit Autoreifen und gebrauchten elektrischen Haushaltsgeräten, erstand er für die Hälfte seines Monatslohns einen Fernseher mit einer schwachen Bildröhre und einem Konverter.

»Du verstellst ihn hier ein bisschen, schließt drinnen zwei oder drei kleine Kabel an, und er funktioniert einwandfrei. Der Konverter ist neu, jedenfalls so gut wie. Die Fernbedienung kriegst du später.«

»Und damit kann man alle Programme empfangen?«, fragte Daniel und hatte den Apparat schon auf den Armen.

»Ja, den Pornokanal auch«, antwortete der dicke Carboni. Er verabschiedete sich und schloss die Holztür hinter dem Jungen, aber als Daniel draußen auf der Straße war, rief er ihm spöttisch hinterher: »Pass auf,dass du nicht blind wirst, Kleiner!«

Aber Daniel wusste, dass das sicher nicht der Fall sein würde. Noch am selben Nachmittag reparierte er den Fernseher, baute den Konverter auseinander, um zu sehen, wie er funktionierte, und schraubte ihn wieder zusammen. Bis zum Abend war alles fertig angeschlossen. Nachdem er ungläubig die ersten Bilder auf dem Pornokanal verfolgt hatte, war ihm klar geworden, dass er nun nicht mehr die Zeitschriften mit den Nacktfotos brauchte, die er sich regelmäßig mit hochrotem Gesicht am Bahnhofskiosk gekauft hatte und die ihm stets die Sprache verschlugen. Von nun an würde eine ständig verfügbare erotische Leitung direkt in sein Zimmer führen und ihm all diese Körper in diversen Stellungen und mit Gestöhne auf Knopfdruck präsentieren. Und so widmete er sich voller Enthusiasmus einer Masturbationsorgie, die ihn keineswegs erblinden ließ, sondern ihm vielmehr zum ersten Mal die Augen öffnete für die verborgensten Geheimnisse seines Daseins. Als er in der *Sabrina-Love-Show* von der Verlosung erfuhr, rief er unter der 0600er-Nummer an, die auf dem Bildschirm eingeblendet wurde. Nachdem er seine Daten hinterlassen hatte, diktierte ihm eine Tonbandstimme die Nummer, die er nun in seinen zitternden Händen hielt. Er sah, wie Sabrina Love in dem Papierberg wühlte und sagte: »Wie schade, dass ich nicht alle meine Lieblinge verwöhnen kann. Ich werde jetzt die Jungs von der Redaktion bitten, die Zettel in die Luft zu werfen, und derjenige, der bei mir im Ausschnitt landet, ist der Gewinner.« Zwei muskulöse Typen halfen ihr auf und begannen, eine Unmenge von Zetteln in die Luft zu werfen, die anschließend wie ein heftiger Regenschauer über ihr niedergingen. Sabrina straffte die Schultern, um ihre Brüste dem niedergehenden Papierregen entgegenzustrecken. Schließlich verfing sich ein

Zettel in der schwarzen Spitze ihres Mieders, woraufhin die beiden Typen mit dem Zettelwerfen aufhörten. Sabrina blickte in ihren Ausschnitt, blinzelte verschwörerisch in die Kamera, nahm den Zettel zwischen die Finger, und sagte: »Mal sehen, wer der Schlingel ist. Also gut. In einem Zimmer im Hotel Keops, alles auf unsere Rechnung, werden nur wir beide ganz allein eine unvergessliche Nacht verbringen, ich, Sabrina Love, die Pornoqueen in Argentinien, und …« Daniel las noch einmal seine Nummer: 2756. »Nein, wie herrlich! Ich werde den Namen nicht nennen, um uns unnötige Scherereien mit einer eifersüchtigen Ehefrau zu ersparen, aber es ist ein Mann, und er hat die zweitausendsiebenhundertsechsundfünfzig.«
Daniel war wie versteinert und wollte seinen Ohren nicht trauen. Sabrina Love tanzte nun ausgelassen zu einer samtigen Saxofonmusik durchs Studio und verkündete anschließend: »Der Gewinner möchte sich bitte innerhalb von 24 Stunden mit der Redaktion in Verbindung setzen. Wir rufen nicht an, vielleicht möchte er ja, dass die Sache ein Geheimnis zwischen uns bleibt. Also, zweitausendsiebenhundertsechsundfünfzig, mein Liebling, ich erwarte dich, um alle deine Wünsche zu erfüllen, und in der Zwischenzeit bewahre ich dich wohl behütet hier auf.« Sie steckte sich den Zettel in ihren Ausschnitt und beendete das Programm mit ihrer üblichen Strip-Nummer.
Daniel saß unbeweglich da, den Kopf in den Händen. Danach sah er sich in seinem Zimmer um und lächelte beunruhigt. Als der Abspann der Show mit Sabrina Love lief, schaltete Daniel den Fernseher aus, legte sich vollständig angezo-

gen aufs Bett und deckte sich ganz zu. Er konnte es nicht fassen. Wie unter Schock blieb er regungslos liegen. Das Ende der Sommernacht wurde bereits durch das dunkle Krähen eines Hahnes verkündet.

2

Er war genauso groß wie die Hühner und versuchte sich einen Weg zwischen ihnen zu bahnen. Dabei stieß er ständig mit ihnen zusammen, war wie benommen von dem ohrenbetäubenden Gegacker der unzähligen Tiere und bekam von den riesigen Vögeln mit den Kämmen und schuppigen Beinen Flügelschläge versetzt. Es waren monströse prähistorische Viecher mit Krallen und einem harten, mörderischen Schnabel. Er suchte nach der Tür, konnte sie jedoch unmöglich erreichen, er war gefangen zwischen all den Federn und den rosaroten Nacken. Alle waren auf der Flucht vor einer Gefahr, die niemand sah. Plötzlich spürte er, dass sie es auf ihn abgesehen hatten, unter all den Hühnern hatten sie sich gerade ihn ausgesucht, dann griff eine Hand nach ihm … Er wachte auf. Es war bereits helllichter Tag. Ohne sich umzuziehen, sprang er aus dem Bett, verließ sein Zimmer, verschloss die Tür und stieg im Hof auf sein Fahrrad. Er durchquerte die Waschküche und eilte, eine orangefarbene Schirmmütze mit der Aufschrift »Kühlhaus Zaychú« auf dem Kopf, auf die Straße hinaus. Als er durch die Straßen mit den niedrigen, von der Sonne nur spärlich beleuchteten Häusern fuhr, trat er mit aller Kraft in die Pedale; hin und wieder kam ihm ein anderer Radfahrer entgegen, der auch auf dem Weg zur Arbeit war. Er stellte das Fahrrad ab und eilte in den Kühlraum.

»Spät dran, Montero!«, rief ihm Parini, der Personalchef, zu.

»Ich dachte, die Straße wäre noch gesperrt und es kämen sowieso keine Lastwagen vorbei«, entschuldigte Daniel sich.

»So ist es auch, aber du musst trotzdem pünktlich hier sein, selbst wenn den ganzen Tag kein einziger Lastwagen vorbeikommen würde. Verstanden? Schau mal diese Nummern hier durch.«

Daniel fiel wieder die 2756 im Ausschnitt von Sabrina Love ein. Er hatte gewonnen. Das Gesicht von Parini, die lebenden und tiefgefrorenen Hühner, die Ankunft und Abfahrt der Lastwagen, die gesperrte Straße ... plötzlich interessierte ihn all dies herzlich wenig. Die Tatsache, dass die Straße unpassierbar war, ging ihn allerdings sehr wohl etwas an. Er wusste weder, wie er aus Curuguazú herauskommen, noch wann die Verabredung stattfinden sollte. Irgendwie musste er das Geld für die Reise und für den Aufenthalt in Buenos Aires auftreiben ... Parini trug ihm auf, nun die Thermometer der Bebrütungsanlagen rund um das Lagerhaus zu überprüfen. Die Aussicht auf eine Nacht mit Sabrina Love ließ alle Aktivitäten, die sich nicht auf dieses Ziel bezogen, zu etwas Irrealem werden. Daniel sah sich die Türen der Schuppen öffnen und die Temperaturanzeige der Thermometer auf der Liste notieren; er sah sich mit seiner schmutzigen Schürze und seiner Schirmmütze zwischen den Hühnern umherlaufen und den Tieren hin und wieder fluchend einen Fußtritt versetzen, wenn sie auf einem Haufen zusammenliefen und ihn nicht durchließen. Sinnlose Aktionen, wie es ihm schien – in etwa, als würde jemand das Deck eines Schiffes säubern, das sowieso bald sinkt. Den ganzen Morgen verbrachte er in diesem Zustand, in Gedanken versunken, und sah sich selbst dabei zu, wie er die absurdesten Aufgaben ausführte, von denen sich Parini, kaum dass er eine erledigt hatte, schon wieder die nächste ausdachte, weil es keine wirkliche Arbeit gab, bis das Wasser zurückgegangen war und die Lastwagen wieder passieren konnten.

Um zwölf Uhr mittags ging Parini kurz weg, und Daniel nutzte seine Abwesenheit, um von seinem leeren Büro aus in der Redaktion der Show in Buenos Aires anzurufen. Das Besetztzeichen ertönte, doch er hatte nicht die Möglichkeit, es noch einmal zu versuchen.

Als Parini zurückkam, sagte er: »Montero, morgen brauchst du nicht zu kommen. Solange das Hochwasser nicht zurückgeht, ist hier tote Hose.«

»Können Sie mir dann mein Gehalt auszahlen?«, fragte Daniel.

»Nein, ist im Moment alles lahm gelegt.«

»Entschuldigung, aber ich brauche das Geld.«

»Wer nicht, Montero, wer nicht?«

»Aber …«

»Das ist nun mal höhere Gewalt«, erklärte der Chef. »Lass dir deswegen keine grauen Haare wachsen. Und wenn du jemandem die Schuld geben willst, dann der nachlässigen argentinischen Regierung. Wenn man die Straße in derselben Höhe gebaut hätte wie die Engländer die Autobahn, wäre nichts passiert. Aber sie werden sich gedacht haben ›na ja, wir asphaltieren sie und fertig, so hoch wird das Wasser schon nicht steigen‹, und jetzt dürfen wir uns auf die Zehenspitzen stellen, um noch atmen zu können. Und überhaupt, wer interessiert sich in diesem Land schon für Hühner – im Gegensatz zum Karneval … Würde es zum Karneval Hochwasser geben, wären die Leute glatt im Stande, Verträge mit den Außerirdischen abzuschließen, damit das Wasser wieder zurückgeht. Das ist alles ein Riesenmist. Also, morgen brauchst du nicht zu kommen, Montero. Klar?«

Mit diesen Worten ging Parini wieder. Daniel betrat erneut das Büro und wählte die Nummer der Redaktion ein zweites Mal. Er konzentrierte sich auf den Ton in der Leitung und blickte aus dem Fenster. Auf dem Brachland neben dem Lagerhaus war ein rötlich-braunes Pferd mit einer langen Kette an einem Pfosten angebunden und graste friedlich, während es mit seinem Schweif die Mücken vertrieb. Auf einer Leine baumelte Wäsche, weiße Damenunterwäsche, die jemand zum Trocknen aufgehängt hatte. Das Telefon hatte kaum geklingelt, als zu Daniels Überraschung eine heisere Männerstimme antwortete.

»Ja bitte, Redaktion.«

»Äh, ich, äh … bin der Gewinner der Verlosung.«

»Name?«

»Daniel Montero.«

»Endlich«, erwiderte die heisere Männerstimme. »Du kannst dir nicht vorstellen, wie viele Typen schon angerufen und behauptet haben, sie hätten gewonnen. Gut, Montero, gib mir mal schön deutlich deine Ausweisnummer durch, die du uns auf Band gesprochen hast, und fertig.«

Daniel wiederholte die Nummer.
»Wunderbar. Sabrina erwartet dich nächsten Samstag um elf Uhr abends. Du bist doch volljährig, oder? Ich hab keine Lust auf Scherereien, klar?«
»Ich bin achtzehn.«
»Und deine Eltern spionieren dir nicht nach?«
»Ich habe keine Eltern mehr, sie sind gestorben.«
»Ah, umso besser. Also. Weißt du, wo das Keops ist?«
»Nein.«
»Azcuénaga 2000, in der Hauptstadt. Bring deinen Ausweis mit. Am kommenden Samstag um elf. Azcuénaga 2000. Alles klar?«
»Alles klar.«
»Gut, Sabrina wird dich in der Suite Nummer neun erwarten. Verstanden, Junge? Hm?«
»Ja, ja.«
»In Ordnung. Adiós.«
»Adiós.«
Er hängte ein. Es war Donnerstag. Irgendwie musste er die Kohle beschaffen und es bis Samstag von Curuguazú nach Buenos Aires schaffen.
Er band sich die Schürze ab und fuhr mit dem Fahrrad bis ins Zentrum. Die Sonne brannte vom Himmel herab und ließ die Luft stickig werden. In den Geschäften hatte man für die Siesta bereits die Jalousien heruntergelassen. Er trat nur langsam in die Pedale, mit verschränkten Armen, ohne das Lenkrad zu berühren, und murmelte vor sich hin: »Samstag um elf. Azcuénaga 2000. Suite Nummer neun.« Die Tatsache, dass die Verabredung um elf Uhr nachts stattfinden sollte,

gefiel ihm. Er fragte sich, ob sie wohl bis zum nächsten Morgen dauern würde. Auch der Ausdruck »Suite« erschien ihm, obwohl er sich nichts Genaues darunter vorstellen konnte, Sabrina Love angemessen.

Als er am Busbahnhof vorbeikam, fuhr er auf den Bürgersteig, und ohne vom Fahrrad abzusteigen, hielt er vor dem Fahrkartenschalter an. Man erklärte ihm dort, dass die Fahrgäste mit zwei Bussen nach Buenos Aires gebracht würden: Mit dem ersten gelangten die Passagiere bis zum Fluss, wo sie dann mit einem Boot in kleinen Gruppen ans andere Ufer übersetzten. Dort erwartete sie ein zweiter Bus zur Weiterfahrt. Eine einfache Fahrt kostete fünfzig Pesos. Daniel erkundigte sich nach dem Fahrplan und radelte in Richtung Stadtzentrum weiter, um seinen Bruder zu besuchen.

Bei einem Haus mit hohen, vergitterten Fenstern klingelte er. Er wartete eine Weile. Dann klingelte er erneut. Sein Bruder öffnete ihm in Unterhosen, mit verstrubbelten Haaren und einem vom Schlaf verquollenen Gesicht.

»Was suchst du denn hier um die Uhrzeit, Kleiner?«

»Es ist halb eins«, sagte Daniel.

»Hast du vorhin schon mal geklingelt?«

»Nein.«

»Verdammt noch mal.«

»Und Maria Teresa?«

»Schläft noch. Mach keinen Lärm. Also, was brauchst du, Kumpel?«

»Die Telefonnummer von Ramiro in Buenos Aires.«

»Wozu?«

»Weil ich dorthin fahre«, erwiderte Daniel.
»Und warum?«
»Um die Stadt kennen zu lernen.«
»Er hat kein Telefon, aber ich gebe dir seine Adresse.« Er suchte in einem kleinen Buch und schrieb sie auf einen Zettel. »Hier. Aber fall nicht gleich mit der Tür ins Haus und sag, dass du bei ihm schlafen möchtest. Frag erst, ob es überhaupt geht, ob er Platz hat und so.«
»In Ordnung«, erwiderte Daniel.
»Er ist mein Freund, Junge, nicht deiner.«
»Schon gut, ist ja gut. Er schuldet mir sowieso noch hundert Pesos für das Moped. Kannst du mir vielleicht was leihen?«, fragte Daniel.
»Ich steh auf der Straße – und du pumpst mich an?«
»Na, ja, bei Zaychú gibt's keine Kohle, solange die Straße gesperrt ist. Ich brauch fünfzig Pesos.«
»Hab ich nicht, Kleiner. Wann fährst du?«
»Weiß nicht, sobald ich kann.«
Er verabschiedete sich lustlos und machte sich auf den Weg zu Figari, der ein paar Kleinbusse besaß, die regelmäßig in die Hauptstadt fuhren. Auf der Straße wurden alle Farben vom grellen Sonnenlicht ausgeblichen. Daniel klopfte an die Haustür. Eine Frau öffnete ihm und teilte ihm mit, Figari sei gerade in der Bar um die Ecke.
Er entdeckte Figari schon durchs Fenster; er unterhielt sich gerade mit jemandem, von dem man nur den Rücken sah. Daniel ließ sein Fahrrad draußen stehen, betrat die Kneipe und schob den Vorhang aus bunten Plastikstreifen auseinander, der die Mücken abhalten sollte. Als er Figari begrüßte,

erkannte er, dass es der dicke Carboni war, mit dem sich der Mann unterhielt.

»Was gibt's?«, fragte Figari.

»Wie viel kostet die Fahrt im Kleinbus nach Buenos Aires?«

»Zwanzig.«

»Reservieren Sie mir einen Platz für heute Nachmittag?«

»Glaubst du, ich habe eine Flotte, oder was? Es sind Kleinbusse, Junge, keine Boote.«

Der dicke Carboni blickte Daniel belustigt an und reichte Figari die Hand, der sich verabschiedete und ging. Anschließend sah er Daniel an und fragte: »Funktioniert der Fernseher?«

»Ja.«

»Und der Pornokanal auch?«

»Ja.«

»Und du bist noch nicht blind geworden?«

»Nein«, sagte Daniel und machte Anstalten zu gehen.

Der dicke Carboni griff nach seiner Hand.

»Zeig mir mal deine Hände. Was hast du denn mit denen gemacht, hast du sie rasiert?«

Daniel befreite sich aus seinem Griff. Beim dicken Carboni machten sich bereits die ersten Wirkungen seines Bierkonsums bemerkbar.

»Setz dich. Komm, ich sag dir, wie du nach Buenos Aires kommst. Bestell dir ein Bier.«

»Ich bin pleite.«

»Ich lad dich ein«, erwiderte Carboni und bestellte ein Bier.

Daniel setzte sich.

»Warum willst du nach Buenos Aires?«

»Das geht niemanden was an.«

»Es geht mich nichts an, okay. Also, das mit den zwei Bussen machen die nur, um einem mehr Geld aus der Tasche zu ziehen, unter dem Vorwand, dass sie dann vier anstatt zwei Fahrer bezahlen müssen und dazu dann noch die Fahrt mit dem Boot kommt. Das jedenfalls ist ihre Erklärung. Dabei sind es nicht mehr als zweihundert Meter, weil das Wasser schon wieder sinkt, außerdem befördern sie einen in einem motorbetriebenen Kanu. Schlag dir das also aus dem Kopf. Geh lieber zur Badestelle, wo Racano ein Boot liegen hat. Jeden Morgen um fünf Uhr früh fährt er flussabwärts. Für ein paar Pesos bringt er dich bis zur Brücke bei der Bundesstraße. Von dort fährst du dann per Autostopp weiter. Ich erkläre dir, wie.«

Daniel blickte in Carbonis glasige Augen. Er machte nach jedem Wort eine Pause, als wollte er ihnen Zeit geben, sich im Kopf seines Gesprächspartners festzusetzen.

»Du darfst dich beim Trampen nicht mitten auf die Straße stellen. Du musst dort hingehen, wo die Autos anhalten, und fragen, ob sie dich mitnehmen können. Das mit dem Trampen mitten auf der Straße ist absoluter Blödsinn, den man nur im Fernsehen sieht. Wenn jemand mit 160 Sachen dahergebrettert kommt, ist er in einer anderen Dimension, der wird nicht bremsen, um einen Verrückten mitzunehmen, der mitten auf der Straße rumlungert, verstanden? Du gehst also am besten zu einer Tankstelle oder einem Ort, wo die Autos parken, und fragst, ob sie dich ein Stück mitnehmen können. Die Lkw-Fahrer nehmen einen am ehesten mit. Wenn du merkst, dass der Lkw-Fahrer aus Paraguay kommt, steigst du nicht ein, das sind alles Kriminelle. Und nachts gehst du zu Fuß, dann verlierst du keine Zeit, wenn es dunkel wird und dich sowieso niemand mitnimmt. Nachts nimmt niemand 'nen Anhalter mit, also kannst du genauso gut gleich laufen. Ich bin einmal, ohne dass ich es überhaupt gemerkt hab, von Holt bis fast zu den Brücken gelaufen. Als es hell wurde und ich gesehen hab, wo ich war, konnt ich es kaum glauben. Wenn du Schwein hast und dich einer direkt bis nach Buenos Aires mitnimmt, bist du in einem halben Tag dort. Wenn der Fahrer sich mit dir unterhält, dann red auch mit ihm, aber wenn du merkst, dass er eher still ist, halt du auch den Schnabel. Mich hat mal einer, weil ich ihm zu viel gequasselt hab, an einer Tankstelle sitzen gelassen, als ich gerade beim Pinkeln war.« Der dicke Carboni blickte zur Seite, als erinnerte er sich an die Situation, und lachte. »Ob ich es wohl geschafft hätt, nach Buenos Aires zu laufen? Als es den Zug noch gegeben hat, bin ich ein paar Mal schwarz mitgefahren. Wenn ich gesehen hab, dass der Zugschaffner kam, bin ich schnell aufs Zugdach geklettert. Das waren diese braunen, großen Züge. Hat fast einen ganzen Tag gedauert, die Fahrt, ist mir immer wie eine Ewigkeit vorgekommen. Ist dir mal aufgefallen, wie es jetzt am Bahnhof aussieht? Da schläft nicht mal mehr jemand. Du hast ganz Recht, von hier abzuhauen. Ist ein Scheißkaff. Schau dir das doch nur mal an«, sagte er und wies mit dem Kinn auf die Straße. »Wie ausgestorben. Hier liegt der Hund begraben. Wenn du in Curuguazú ein Ding drehen willst, dann machst du's nicht in der Nacht, sondern in der Siesta – da kriegt kein Mensch was mit. In der Siesta kannst du die

Statue von San Martin mitgehen lassen, mit Pferd und allem drum und dran, sogar die Kathedrale kannst du klauen, wenn du willst. Hör mal, du hältst aber die Klappe: Der Fernseher, den du bei mir gekauft hast, hat Padre Vilariño gehört. An einem Samstag bin ich in der Siesta über die Mauer gesprungen, hab mich ins Esszimmer vom Padre geschlichen und mir den Fernseher samt Konverter unter den Nagel gerissen. Der Typ hat im Zimmer nebenan geschlafen. Hat nichts mitgekriegt. Keine Menschenseele hat mich gesehen. Und er hat sicher gedacht, dass Gott ihm den Fernseher weggenommen hat, um ihn dafür zu strafen, dass er sich die Pornos reingezogen hat, denn wenn der einen Konverter hatte, dann ganz sicher wegen der Pornos. Oder willst du mir etwa weismachen, dass er, wenn er nachts ferngesehen hat, bei den Pornos schnell weitergeschaltet hat? Die Streifen sind für die Padres, die nicht vögeln dürfen. Und du, wie alt bist du?«
»Siebzehn«, antwortete Daniel.
»Und du hast es noch nie mit einer getrieben?«
»Was geht Sie das an?«
»Also noch nicht«, sagte der dicke Carboni. »Mit den Kröten, die du für den Fernseher ausgegeben hast, um anderen beim Vögeln zuzuschauen, hättest du es in Susurros ungefähr vier Mal selbst treiben können. Da gibt es ein paar hübsche Puppen.«
»Hat sich trotzdem gelohnt«, erwiderte Daniel und nahm einen Schluck aus der Flasche.
»Ah ja? Warum?«, fragte der dicke Carboni.
»Mein Bier«, erwiderte Daniel.

»Aha, dein Bier. Soll auch dein Bier bleiben, aber du kannst nicht dein ganzes Leben lang nur zuschauen. Sonst endest du noch wie der verrückte Sohn von Mirta, der Frau vom Salinas. Der Typ ist ungefähr zwanzig Jahre alt und kann immer noch nicht sprechen, außerdem hat er ein Gesicht wie ein schlapper Esel. Manchmal verschwindet er während der Siesta, und solange man nicht aus irgendeinem Haus Schreie hört, weiß kein Mensch, wo er steckt. Er schleicht sich nämlich in irgendein Haus und beobachtet die Puppen beim Schlafen. Schaut sie nur an, nichts weiter. Er würde sie niemals anrühren. Setzt sich aufs Bett und bewegt sich nicht von der Stelle. Und du brauchst nicht zu glauben, dass er sich jede x-beliebige anschaut, nein, er sucht sich nur die Hübschesten raus. Der Bruder von Capi wollte ihn schon umbringen. Hat ihn dabei erwischt, wie er Bety, seine Frau, beobachtet hat, erinnerst du dich noch – die war Prinzessin bei der Comparsa Alegria. Capis Bruder hat gerade eine Runde gedreht, kommt in die Wohnung zurück, und da sitzt der Irre und gafft seine Frau an, während sie nackt daliegt und schläft. Er war mit dem Gewehr hinter dem Irren her, hat aber danebengeschossen. Deswegen hat man der Mutter gesagt, dass der Verrückte eine Weile hinter Gitter muss, und weil sie nicht wollte, hat man sie gefragt: ›Was ist dir lieber – ein Jahr oder dein Leben lang weinen?‹ Denn früher oder später hätte ihn sowieso jemand ins Jenseits befördert.«

Daniel blickte zur Bar. Sie waren die einzigen Gäste. Zwei Ventilatoren verteilten die trockene Luft im Raum. Am einen Ende der Theke stand eine bereits ausgeblasene Kerze, deren

Wachs über das Zinn gelaufen war. Am anderen Ende der Theke stellte ein glatzköpfiger Mann gerade einige schwere Gläser, die noch feucht waren, in einen Geschirrschrank. Daniel musste gähnen. Er wandte sich an Carboni:

»Ich muss gehen. Danke für das Bier.«

»Geh nur. Viel Glück auf der Reise.«

Zu Hause traf Daniel seine Schwester Viviana, die im Hof Wäsche aufhängte. Er beobachtete sie durch das Küchenfenster, während er im Stehen einen Teller Reis aß, den man für ihn aufgehoben hatte. Ihm fiel auf, dass Viviana die Haare geschnitten hatte. Er ging hinaus und begrüßte sie.

»Daniel, schließt du mir bitte dein Zimmer auf, damit ich ein bisschen sauber machen kann?«

»Du hast dir die Haare schneiden lassen.«

»Ja. Also, schließt du mir auf?«

»Nein.«

»Warum denn nicht? Glaubst du, die paar Poster mit den nackten Frauen drauf werden mich so schockieren? Die kenne ich schon länger.«

»Deswegen ist es nicht.«

»Und weswegen dann? Was hast du da drin versteckt?«

»Ich … hab Drogen, Waffen, eine Geisel …«

»Red keinen Quatsch.«

»Das ist mein Zimmer, meine Privatsphäre. Ich putze schon selbst, du brauchst dir keine Sorgen zu machen. Kannst du mir fünfzig Pesos leihen?«

»Daniel, wir hatten uns doch darauf geeinigt, dass du jetzt, wo du mit der Schule fertig bist, dein eigenes Geld verdienst. Was ist mit dem Kühlhaus?«

»Es gibt keine Arbeit, solange die Straße nicht wieder frei ist.«
»Aber ich kann Emilio nicht ständig um Geld für meinen kleinen Bruder bitten. Denk mal dran, dass er schon alles für Großmutter bezahlt, die Steuern für das Haus und das Essen. Das Einzige, was wir von dir verlangen, ist, dass du für deine Ausgaben dein eigenes Geld verdienst.«
»Du sollst es mir ja nicht schenken, ich zahl es dir zurück.«
»Und wozu brauchst du das Geld so dringend?«, erkundigte sich Viviana.
»Ich fahre für ein paar Tage nach Buenos Aires.«
Eine heftige Diskussion begann. Seine Schwester wollte ihn nicht fahren lassen. Daniel erklärte ihr, dass er dafür nicht ihre Erlaubnis brauche. Schließlich zog er sich in sein Zimmer zurück, notierte sich auf einen Zettel die Daten, die man ihm am Telefon gegeben hatte, und legte sich ins Bett, um ein paar Stunden zu schlafen.
Als er um sechs das Haus wieder verlassen wollte, war seine Schwester bereits gegangen. Das Städtchen war wieder zum Leben erwacht. Die Leute saßen auf den Gehwegen und tranken Mate-Tee, auf den Straßen waren Autos, Mopeds und Fahrräder unterwegs. Daniel lief bis zur Hauptstraße. Auf den Treppen an der Ecke des alten Postamts traf er auf einige seiner Freunde, die dort herumsaßen und rauchten. Sie luden ihn auf eine Zigarette ein, und er ließ sich auf ihre Unterhaltung ein, bei der seine Freunde die kleinsten Neuigkeiten im täglichen Leben von Curuguazú kommentierten, die das Ergebnis ihrer eingehenden Beobachtungen waren. »Schaut mal, wie Negro Sosa seinen Chevrolet aufgerüstet hat«, »Hat

der Bruder von Horacio ein neues Moped?«, »Das ist die Freundin von Fabiana, die aus Misiones kommt.« »Mensch, gestern Nacht war ich bei Ariel, der hat Kabel, und da haben wir uns im Pornokanal die Show von Sabrina Lof reingezogen.« Daniel zeigte keinerlei Reaktion. »Die Puppe hat eine Nacht mit sich verlost. Was für ein Weib, Junge, Junge! Die hat einen Knackarsch, der macht dich fertig. Ariel hat angerufen, hatte schon eine Nummer und alles, aber es hat nicht geklappt. Denk doch mal, was für ein Schwein der Typ hat, der die Tante besteigen darf.« Daniel sah seinen Freund ernsthaft an, danach blickte er in den Himmel und rauchte weiter.

»Was ist mit dir, was gibt's bei dir Neues?«, fragte ein Freund.

»Nichts Besonderes«, antwortete Daniel. »Kommt jemand mit mir zur Fußgängerzone?«

Fernando, ein kleiner, gedrungener Bursche, der ein schwarzes Fernglas umhängen hatte, erhob sich und begleitete Daniel, um sich die Mädchen anzusehen, die auf dem Bürgersteig spazieren gingen oder auf ihren Mopeds die Straße entlangfuhren. Die beiden drehten sich nach ihnen um, bis sie sie aus den Augen verloren hatten. In der Fußgängerzone gab es noch mehr junge Frauen, die mit ihren Freundinnen unterwegs waren oder in den Geschäften arbeiteten. »Titten auf elf!«, rief Fernando Daniel zu; sie hatten diese Methode aus einigen Fernsehfilmen übernommen, in denen man den Piloten auf diese Weise mitteilte, wo sich ein feindliches Flugzeug befand. Als befände er sich in der Mitte eines Zifferblatts, blickte Daniel in Richtung elf, von wo sich ein Mäd-

chen mit großen Brüsten, die unter einem knappen, bauchfreien T-Shirt wogten, näherte.
»Höschen auf sechs«, sagte Daniel, und sofort betrachteten beide eingehend die Kundin eines Schuhgeschäftes, die im Minirock auf einer niedrigen Bank saß und Sandalen anprobierte.
Sie liefen die Fußgängerzone mehrmals ab, ohne dass ihnen auch nur eine Kleinigkeit entging. In der Eisdiele bestellte sich Fernando – obwohl ihm diese Sorte normalerweise nicht besonders zusagte – ausschließlich Kirscheis, da sich die Eisverkäuferin dann ganz besonders weit vorbeugen musste, um ihren Löffel in dem Eisbehälter zu versenken, und dabei enthüllte, dass sie unter ihrer blauen Schürze nichts als nackte Haut trug.
Fernando aß sein Eis, während er auf der Rückenlehne einer Bank saß, die Füße auf der Sitzfläche. Er fragte Daniel, ob er am nächsten Tag mit zum Fischen kommen wolle. Doch der erwiderte, er habe keine Zeit, weil er nach Buenos Aires fahre. Er war kurz davor, den Grund seiner Reise zu enthüllen, sagte seinem Freund dann aber doch nur, dass er die Hauptstadt kennen lernen wolle und per Autostopp fahren würde. Fernando war von dem Plan begeistert und schlug vor, Daniel zu begleiten. Nachdem Daniel vergeblich versucht hatte, Fernando von dieser Idee abzubringen, stimmte er schließlich zu.
»Aber ich breche sehr früh auf«, gab Daniel zu bedenken.
»Wirf mir einfach einen Stein an den Rollladen, damit ich aufwache. Was soll ich mitnehmen, eine Tasche?«
»Ja«, sagte Daniel, »nimm bloß kein schweres Gepäck mit.«

Sie verabschiedeten sich an der Ecke der Plaza voneinander. Der Himmel hatte sich inzwischen rötlich verfärbt. Daniel lief auf dem Kiesweg zwischen den Palmen nach Hause. Als er Padre Vilariño mit seiner Soutane bemerkte, die im Wind hinter dem Geistlichen herflatterte, erinnerte er sich an den dicken Carboni und den Fernseher. Er lief so langsam er konnte, um die Rückkehr nach Hause möglichst lange hinauszuzögern, sah zu, wie die ersten Autos mit eingeschaltetem Licht vorbeifuhren, und pfiff, mit den Händen in den Hosentaschen, die Erkennungsmelodie der *Sabrina-Love-Show*.

3

Er schlief völlig erschöpft, doch seine Sorgen bescherten ihm unruhige Träume. Im einen Moment dachte er, es sei vielleicht besser, gar nicht nach Buenos Aires zu fahren, schließlich musste er dieselbe Route nehmen, auf der seine Eltern tödlich verunglückt waren. Außerdem würde er sich nach seiner Ankunft in der Hauptstadt inmitten all der unbekannten Straßen überhaupt nicht zurechtfinden. Und was, wenn er nicht bei dem Freund seines Bruders schlafen konnte? Wovor er jedoch am meisten Angst hatte, und endlich gestand er es sich auch ein, war die Begegnung mit Sabrina Love; sie erwartete sicherlich, die Nacht mit einem erfahrenen Mann zu verbringen, nicht mit einem Jungen, der noch nie mit einer Frau zusammen gewesen war. Sabrina Love, die Göttin der Liebe, würde, anstatt ihre ganzen Künste darbieten zu können, sich darauf beschränken müssen, ihm das Einmaleins des Sex beizubringen. Obwohl auch das womöglich seinen Reiz haben konnte: Wenn er es sich recht überlegte, spielte sie in der Szene, die ihm in ihren Filmen immer am besten gefallen hatte, eine Lehrerin, die einen Schüler nach der Stunde nachsitzen ließ. »Ich darf nicht mehr auf die Beine von Lehrerin Sabrina gucken«, diktierte sie dem Jungen, während sie mit übereinander geschlagenen Beinen auf dem Schreibtisch saß. »Ich darf meine Lehrerin Sabrina nicht mehr beobachten, wenn sie etwas an die Tafel schreibt«, und sie drehte dem Schüler den Rücken zu und kritzelte etwas an die Tafel, während sie langsam ihr kurzes, weißes Kostüm so weit nach oben schob, dass ihre bronzefarbenen, runden Pobacken, die siamesischen Planeten glichen, zum Vorschein kamen. Der Schüler drang schließlich von hinten in sie ein, während die über den Schreibtisch gebeugte Sabrina laut stöhnte und mit kräftigen Bissen den Apfel verzehrte, den der Schüler ihr als Geschenk mitgebracht hatte.

Daniel wartete nicht, bis der Wecker klingelte. Sobald er sah, dass sich im Fenster ein blaues Rechteck abzeichnete, stand er auf und begann sich anzuziehen, ungekämmt und noch etwas schwerfällig, einer schlaftrunkenen Marionette gleich. Anschließend nahm er den Zettel mit den Adressen, die zwanzig Pesos, die er noch besaß, die kleine Tasche mit Kleidung und ein paar belegten Broten, die er vorbereitet hatte, und verließ das Haus, bemüht, möglichst keinen Krach zu machen.

Er lief im blauen Halbdunkel die Straßen entlang. Die Vögel sangen noch nicht. Er knöpfte seine Jeansjacke zu, um sich vor der Kühle der Morgendämmerung zu schützen, und lief zu Fernandos Haus. Als er am Friedhof vorbeikam, tapste ein weißer Welpe auf ihn zu, der den Kopf gesenkt hielt, als wollte er um etwas zu essen betteln. Daniel tätschelte ihm den Kopf, worauf der Hund begeistert um ihn herumsprang und ihm nachlief. Das Fenster von Fernando befand sich im ersten Stock eines Hauses mit einem sehr gepflegten Garten davor, in dem mehrere Zwerge und Gipsschwäne standen. Daniel nahm einen runden Stein und holte aus, um ihn gegen den Rollladen zu werfen, hielt jedoch im letzten Moment inne. Einen Augenblick lang blieb er unschlüssig mit erhobenem Arm stehen. Schließlich steckte er sich den Stein als Talisman in die Hosentasche und ging allein in Richtung Fluss weiter.

Von den ungeteerten Straßen aus konnte man bereits das Hochwasser sehen. Er lief die letzten Straßen bis zum Ufer entlang. Vor einigen Häusern hatte man die hohen Gehsteige beibehalten, die man früher gebaut hatte, um sich gegen den Schlamm zu schützen. Daniel kam an einem Kiesweg vorbei, wo man einen Schutzwall aus Sandsäcken errichtet hatte, um das Hochwasser abzuwehren. Er sah die Portale der Plaza del Parque, die aus dem Wasser ragten, die Fußballtore, die Hängematten und Rutschbahnen, die kaum bis über die Wasseroberfläche reichten, die von der Strömung hin und her geschaukelten Trauerweiden. Die Kronen der anderen Bäume erhoben sich aus dem Wasser wie die Hände von Ertrinkenden. Zwischen den Eukalyptusbäumen hingen Nebelschwaden. Der über die Ufer getretene Fluss deckte alles ab und erfüllte die Luft mit dem Geruch feuchten Schlamms. Das Denkmal des Dichters der Stadt blickte in stummer Verzweiflung aus dem Wasser, das ihm bis an die Lippen reichte.

Daniel lief weiter. Die Kieselsteine knirschten unter seinen Schuhsohlen. Bald würde die Sonne aufgehen. Plötzlich bemerkte er, dass das Hochwasser den Teil des Weges überschwemmt hatte, der zur Anlegestelle des Bootes führte. Ein Pferdefuhrwerk mit Autorädern, das von einem Mann gelenkt wurde, fuhr an ihm vorbei; der Mann grüßte ihn kaum wahrnehmbar. Dann hielt er an. Er drehte sich zu Daniel um und fragte: »Willst du zum Boot?«

»Ja«, antwortete Daniel.

»Wenn du möchtest, kann ich dich ein Stück mitnehmen.«

Daniel kletterte auf den Wagen. Der Mann schob ein paar Taschen beiseite, um ihm auf dem Kutschbock Platz zu machen. Das Pferd trat misstrauisch ins Wasser und vergewisserte sich bei jedem Schritt, dass es auch festen Boden unter den Hufen hatte. Daniel hörte ein Hundebellen und sah, dass der weiße Welpe ihm gefolgt war und ihm vom Rand des Hochwassers aus zukläffte.

»Ist das dein Hund?«

»Nein«, antwortete Daniel.

Schweigend fuhren sie eine Weile weiter. Plötzlich erschrak der Junge: Unter seinen Füßen bewegte sich etwas in einer der Taschen, und plötzlich fiel ein schlammiger, großer Fisch auf den Boden des Wagens, der verzweifelt mit der Schwanzflosse schlug. Der Mann holte ein Messer hervor und hieb mit der Kante solange auf den Kopf des Fisches ein, bis dieser sich nicht mehr rührte.

»Sterben nur langsam, die elenden Viecher«, bemerkte er.

»Haben Sie die aus einer ruhigen Stelle im Fluss geholt?«

»Nein, aus dem Paso de Jaime. Die Großen werden von der Strömung aus dem Norden hierher getrieben.«

Daniel konnte eine Weile den Blick nicht abwenden von dem getigerten Fisch, von dem großen, klebrigen Schnurrbart und den Stacheln auf den Flossen. Die runden Fischaugen schienen ihn anzustarren, als wollten sie ihm die Schuld an seinem Schicksal geben. Mit der Schuhspitze stieß der Junge das Tier an, um zu sehen, ob es sich noch bewegte, aber der Fisch war tot. Daniel sah auf das trübe Wasser hinaus.

Sie kamen an einer Hütte vorbei, die auf einem Hügel aus Erde und Sand gebaut worden war und aus dem Wasser ragte. Darum herum hatten sich Gänse, Hühner, Schweine und zwei magere Pferde versammelt. Ein Junge in einem Boca-Juniors-Hemd legte daneben Netze zusammen.

Bald konnten sie von weitem das Boot erkennen. An der Anlagestelle bestiegen einige Fahrgäste mit ihren Tieren bereits das Boot. Als sie dort ankamen, sprang Daniel auf die weiche Erde. Eine Frau, die auf ihn gewartet hatte, nahm wortlos seine Taschen entgegen. Der Mann verabschiedete sich von Daniel und fuhr den Weg zurück.

Das Boot bestand aus großen Bohlen und Rohren und glich einem Hof für schwimmende Tiere. Leute mit Fenchelknollen, einigen Schafen und Körben mit Hühnern stiegen zu; ein Junge hatte ein Otterpärchen in einem Käfig bei sich; ein Mann bestieg das Boot mit einem kleinen Rappen, der angesichts des schwankenden Bodens voller Angst unablässig schnaubte. Es waren alles Personen, die ihr Haus durch das Hochwasser verloren hatten und die sich nun mit den wenigen Habseligkeiten, die sie noch besaßen, auf den Weg zu einem trockenen Ort machten. Sie trugen Matratzen bei sich, in die sie Kleidungsstücke eingerollt hatten, Taschen voll gestopft mit Zwiebeln, Kartoffeln, Maiskolben sowie einige

Stühle und Kochtöpfe. Der Besitzer des Bootes, ein alter Mann, versuchte die Fahrgäste und Tiere so auf das Gefährt zu verteilen, dass das Gleichgewicht gewahrt wurde. Daniel stieg als Letzter zu – etwas beschämt angesichts des völlig anderen Anlasses seiner Reise, doch als der Alte ihn bat, das Seil zu lösen, und er anschließend bemerkte, wie sie sich langsam von der Küste entfernten, spürte er, dass diese Bewegung ihn Sabrina Love näher brachte, und er konnte nicht mehr aufhören zu lächeln.

Sie fuhren flussabwärts, getrieben von der Strömung, zusammen mit großen Baumstämmen, grasbewachsenen Erdstücken und sandigem Schaum. Der Alte steuerte das Boot mit einem langen Rohr, das er auch dazu benutzte, um sich von den Sandbänken wieder abzustoßen. Er erriet den Verlauf des Flusses anhand einer gewundenen Linie von Baumkronen, die das überschwemmte Ufer nachzeichnete. Daniel setzte sich auf einen der Käfige. Die Sonne war bereits aufgegangen. Nach einer Weile näherte er sich dem Alten, um sich zu erkundigen, wie weit es noch bis zu der Brücke sei, die sie auf der Strecke passieren würden. Der Mann antwortete ihm, wenn die Strömung sie weiterhin mit dieser Kraft triebe, wären sie bis Mittag dort. Der Alte musste bis zu den Inseln fahren, weil seine drei Söhne dort mit einem Motorboot warteten, um ihn weiter nach Puerto Charay zu ziehen. Dort gingen auch die anderen Fahrgäste an Land, und danach würden sie mit dem leeren Boot flussaufwärts bis zur Badestelle zurückfahren. Vor fünfzehn Tagen hatte er zum letzten Mal Leute befördert, deren Häuser überschwemmt worden waren. Er erzählte Daniel, dass auf der Rückfahrt am Tag zuvor ein Wasserschwein auf das Boot geklettert sei, das verloren gewesen wäre, wenn es keinen festen Boden zum Ausruhen gefunden hätte. Das Tier war mehrere Kilometer mitgereist und hatte sogar die Furcht vor dem Motor ertragen, um sich zu retten; als es schließlich Land gerochen hatte, war es wieder ins Wasser gesprungen. Daniel sah den Mann aufmerksam an: ein alter Gringo mit blauen, tief im Gesicht liegenden Augen und einer Baskenmütze auf dem Kopf, der selbst gedrehte, kurze Zigarren rauchte, von denen er Daniel eine anbot. Als der Junge sich eine anzündete, musste er aufpassen, dass der Wind die Flamme nicht löschte, und als er den Rauch inhalierte, begann er zu husten. Lachend bemerkte der Alte: »Die Dinger sind stark, mein Junge, aber sie vertreiben die Mücken.« Danach fragte er Daniel: »Kannst du schwimmen?«

»Ja«, antwortete Daniel, »warum?«

»Wenn wir unter der Brücke durchfahren, kann ich nicht am Ufer anlegen, ich muss den Pfeilern auf den Seiten ausweichen, um in der Mitte durchfahren zu können. Das Ufer ist nur ein paar Meter entfernt. Aber du solltest deine Sachen in eine Plastiktüte packen, damit sie nicht nass werden.«

»Ich hab keine.«

Der Alte ließ einen Moment von dem Rohr ab, das ihm als Steuer diente, suchte für Daniel eine Plastiktüte und reichte sie ihm. Der Junge nahm sie etwas erschrocken entgegen. Er blickte auf die riesige Wasseroberfläche hinaus, in der sich der Himmel spiegelte und aus der nur einige Drahtzäune, Wassermühlen und ein paar Bäume voller Vögel herausragten. Wenn sich kein fester Bezugspunkt in der Nähe befand, hatte es den Anschein, als bewege das Boot sich nicht. Einige Personen waren mittlerweile zwischen den Gepäckstücken eingeschlafen. Es war bereits Vormittag, und die Sonne stach vom Himmel … Er bekam Hunger und aß verstohlen ein belegtes Brot, in der Hocke, als sei er gerade dabei, etwas in seiner Tasche zu suchen.

Auf der Bundesstraße am Horizont rasten winzige Autos vorbei. Hin und wieder kam ein Fleck trockener Erde zum Vorschein. Daniel packte seinen Sachen in die Plastiktüte. Die Fahrt zum Hafen von Charay kostete fünf Pesos, aber der Gringo berechnete ihm nur drei, weil er schon vorher ausstieg.

»Mach dich schon mal fertig«, sagte er zu ihm.

Daniel verstand, dass er seine Kleidung ablegen sollte, und zögerte es hinaus, solange er konnte. Er sah, wie die Brücke, die die beiden Teile der Strecke einem schwarzen Regenbogen gleich vereinte, immer näher kam.

»Du musst rechtzeitig reinspringen, damit du mit der Strömung schwimmen kannst«, riet ihm der Gringo.

Daniel zog sich aus, legte seine Uhr ab und stand nur noch in Unterhosen da. Er packte seine Sachen in die Tasche.

»Binde die Tüte gut zu, damit du sie als Schwimmhilfe benutzen kannst!«, rief der Besitzer des Pferdes herüber. Alle anderen Fahrgäste, mit Kleidung und Sombreros gegen die Sonne geschützt, beobachteten gebannt, wie er mit seiner Tüte in der Hand, beinahe nackt, auf dem rechten Rand des Bootes stand. Daniel fühlte sich dünner und hilfloser als je zuvor. Schon vernahm er den Motorenlärm der Autos, die mit großer Geschwindigkeit über den Asphalt jagten. Der Alte peilte die Mitte zwischen den Pfeilern an – die einzige Öffnung, die breit genug zum Passieren war. Ungefähr fünfzig Meter davor wandte er sich an Daniel: »Jetzt musst du reinspringen, dann kannst du die Strömung ausnützen.«

Ängstlich und aufgeregt sprang Daniel in die Fluten. Er schwamm mit den Beinen und hielt sich mit den Armen an der Plastiktüte fest, damit sie ihm als Luftmatratze diente. Er schwamm diagonal zum Ufer, getrieben von den kräftigen trüben Fluten. Einmal sah er sich nach dem Boot um, das ihm nun, samt den Tieren und Menschen darauf, winzig klein erschien. Er paddelte ein wenig weiter, nicht mehr ganz so verzweifelt wie vorher, weil er sich bereits der Brücke näherte. Auf dem Grund trat er auf kalten Schlamm und lief zwischen Kamelottgras und Pflanzen, die ihm die Beine zerkratzten, langsam auf das Ufer zu. Er hatte Angst vor Schlangen. Schließlich erreichte er das grasbewachsene Ufer und kam allmählich wieder zu Atem. Er hielt nach dem Boot Ausschau, als der Alte ihn aus der Ferne mit einem Schrei grüßte. Daniel hob den Arm, als wolle er ihm danken. Das Boot schien nun kaum mehr als ein Blatt zu sein, das die Strömung mit ihrer überwältigenden Kraft vorantrieb.

4

Er blieb in der Sonne liegen und ließ sich von ihr trocknen. Danach zog er sich wieder an und lief den Hang zur Straße hinunter. Die Autos und Lastwagen fuhren mit ohrenbetäubendem Lärm an ihm vorüber und verpesteten die Luft mit ihren Abgasen. Er schlenderte in Richtung Süden los. Kurze Zeit später kam er an einer Tankstelle vorbei, die auf einer vom Wasser bedrängten Anhöhe lag. Er ging aufs Klo. Nun musste er also jemanden fragen, ob er ihn bis in die Hauptstadt mitnehmen könne. Er trat auf einen dicken Mann mit rötlichem Gesicht zu, der vor der Zapfsäule darauf wartete, seinen Tank füllen zu können.
»Guten Tag«, sagte Daniel, »fahren Sie nach Buenos Aires?«
»Warum?«, fragte der Mann.
»Können Sie mich vielleicht ein Stück mitnehmen?«
»Nein. Ich fahre nur bis hierher.«
Daniel merkte, dass der Kerl log, und schämte sich. Danach musterten ihn zwei Männer in einem Lastwagen verächtlich und wollten ihn ebenfalls nicht mitnehmen. Vor dem Spiegel auf der Toilette versuchte er, sich etwas zurechtzumachen. Er steckte sein T-Shirt in die Hose, feuchtete die Haare etwas an und kämmte sich.

Als er wieder hinaustrat, war weit und breit kein Mensch zu sehen, nur ein mit Holz beladener Lastwagen, der ein wenig abseits im Schatten einiger Bäumen stand. Der Lkw-Fahrer hielt gerade seine Siesta in einer paraguayischen Hängematte, die er unter dem Sattelschlepper befestigt hatte. Daniel setzte sich bei der Eingangstür eines Geschäftes auf den Boden und lehnte sich mit dem Rücken an die Glasscheibe. Der Angestellte wies ihn darauf hin, dass er so die Leute beim Durchgehen behindere. Also setzte sich Daniel einige Meter entfernt auf den Boden und wartete darauf, dass der Lkw-Fahrer aufstand. Aber außer ein paar Spatzen, die zwischen den Kieselsteinen nach Krümeln suchten, bewegte sich eine ganze Weile überhaupt nichts.

Schließlich machte der Lkw-Fahrer Anstalten, sich zu erheben. Daniel wartete noch eine Weile. Er sah den Mann gähnen und seine Sachen zusammensuchen; er war ungefähr vierzig Jahre alt, breit gebaut und hatte einen Schnurrbart. Sein linker Arm war von der Sonne verbrannt, er trug kurze Hosen und Sandalen. Daniel ging auf ihn zu und fragte, ob er ihn ein Stück mitnehmen könne.

»Bis nach Buenos Aires fahre ich nicht, aber ich kann dich einige hundert Kilometer bis zum Rondell von Tabiri mitnehmen«, meinte der Mann.

Daniel war damit einverstanden. Alles, was ihn Sabrina Love näher brachte, war ihm recht. Er kletterte auf den Beifahrersitz im Führerhaus. Von dort oben sah die Straße anders aus, weil man einen sehr viel weiteren Ausblick auf die Straße hatte. Wie ein flimmernder Ölteppich erstreckte der Asphalt sich zum Horizont.

Sie mussten fast schreien, denn der Motorenlärm und der Wind, der mit Gewalt in die Kabine eindrang, erschwerten die Unterhaltung.

»ut, ass sie iese asse isschen öher ge aut en«, verstand Daniel.

»Wie?«, fragte er.

»Ich habe gesagt, gut, dass sie diese Straße etwas höher gebaut haben – wegen dem Hochwasser.«

»Ah ja«, antwortete Daniel, »die Landstraße nach Curuguazú ist gesperrt.«

»Bist du aus Curuguazú?«

»Hm.«

»Und was willst du in Buenos Aires? Einen Spaziergang machen?«

»Nein«, antwortete Daniel lächelnd, »die Nacht mit einer heißen Braut verbringen.«

»Mit welcher heißen Braut?«

»Mit Sabrina Love.«

»Mit wem?«

»Sabrina Love. Eine Blondine, die die Männer um den Verstand bringt.«

»Ah ja? Und wie willst du es anstellen, die Nacht mit ihr zu verbringen?«

»Ist alles schon geritzt«, erwiderte Daniel.

»Ich kann dir nur sagen, die Weiber sind gefährlich, mein Junge. Du verliebst dich und glaubst, dass diese Titten und diese Hüften nur für dich sind, damit du verrückt wirst, weißt du? Du glaubst, die Puppe gehört dir ganz alleine. Aber dann stellt sich heraus, dass die Kurven nur dazu da sind, damit du der Tante in die Falle gehst und ihr ein Kind machst. Und ist der kleine Schreihals erst mal da, kapierst du, dass diese Wahnsinnshüften in Wirklichkeit zum Kinderkriegen und die Titten zum Stillen da sind – und du gehst leer aus. Plötzlich ist alles nur noch für das Kind, verstehst du? Kennst du Discépolo? Ein Philosoph. Der Typ hat schlaue Sachen gesagt: ›Deine Silhouette war der Köder, an dem ich mich aufgespießt habe.‹ Und er hat Recht: Die Kurven der Frauen sind nichts als ein Köder, mein Junge.«

»Sind Sie verheiratet?«, fragte Daniel.

»Sicher, du redest mit einem, der in die Falle gegangen ist.«

Die Luft war bereits voller Mücken, die gegen die Scheiben schlugen und in den Scheibenwischern hängen blieben. Der Lkw-Fahrer bot Daniel Kekse an und bat ihn, aus einem Fach eine Thermosflasche, Mateblätter und eine Tasse herauszunehmen, um Tee zuzubereiten. Sie mussten die Fenster schließen, weil die trockenen Teeblätter sonst wegflogen. Daniel schenkte dem Fahrer mehrmals nach, bis der Mann genug hatte; schweigend fuhren sie eine Weile weiter. Irgendwann legte Daniel den Kopf auf die Rückenlehne, um ein wenig zu schlafen.

Er blickte zur Seite auf die Straße. Sie hatten eben das Hochwassergebiet verlassen, und hin und wieder tauchten nun einige grüne Felder und zwischen Dornengebüschen verstreute Höfe auf. Mit wachsender Kilometerzahl ließen sie einen Grenzstein nach dem anderen hinter sich. Dem Jungen wurde bewusst, dass sie sich in der Nähe des Ortes befanden, an dem seine Eltern tödlich verunglückt waren. Es fehlten nur noch wenige Kilometer. Er würde die Stelle sofort erkennen, denn seine Schwester und seine Großmutter hatten dort ein kleines Holzkreuz mit den Namen seiner Eltern aufgestellt. Das Auto hatte damals einen Totalschaden erlitten und eine Weile auf einer Straße in der Nähe gestanden – wie eine Warnung für die Leute, die auf dieser Strecke fuhren. Kurze Zeit vor dem Unfall hatte sein Vater ihm ein Buch über die Geschichte des Automobils geschenkt, in dem dessen gesamte Entwicklung, angefangen von den ersten motorbetriebenen Fahrzeugen bis hin zu den Sportautos, nachzulesen war. Für Daniel war dieses Buch nach dem Unfall zu einer Art Erklärung für den Tod seiner Eltern geworden, als wäre diese langsame Entwicklung des Autos ein Katalog der einzelnen Schritte, die die Menschheit machen musste, nur damit sich schließlich dieser fürchterliche Zusammenstoß ereignete. Folglich klebte Daniel auf eine der leeren Seiten am Ende des Buches das Foto, das man nach dem Unfall in der Tageszeitung veröffentlicht hatte – die völlig zerstörte Karosserie, verkeilt in das Führerhaus eines blauen Lastwagens. Damals war er zehn Jahre alt gewesen, und als er dieses Foto gesehen hatte, war es ihm vorgekommen, als hätte sich dieser Lastwagen wie ein monströses Ungeheuer auf den Weg gemacht, um seine Eltern mit einem einzigen schrecklichen Biss zu zermalmen.

Sie befanden sich unmittelbar vor der Stelle. Schon von weitem erblickte Daniel das Kreuz in der Kurve. Langsam näherten sie sich dem Unglücksort und passierten ihn dann umso plötzlicher.

»Hier wäre fast ein Freund von mir gestorben«, bemerkte der Lastwagenfahrer.

Daniel sah den Mann an und wurde blass. Bis vor einigen

Jahren hatte sein Bruder damit gedroht, den Kerl zu suchen, der in den Wagen seiner Eltern hineingerast war, um ihn umzubringen.

»Ein Ehepaar ist bei dem Unfall ums Leben gekommen«, sagte der Lastwagenfahrer.

Daniel schwieg.

»Das linke Bein meines Freundes war völlig kaputt, an sechs Stellen gebrochen«, fuhr er fort. »Er hat eine rote Narbe von hier, von der Kniekehle bis zum Oberschenkel. Das Bein ist steif geblieben, und er kann nicht mehr Auto fahren, bekommt aber eine Invalidenrente. Er hatte mehrere Rippen gebrochen und eine schwere Gehirnerschütterung. Aber das arme Ehepaar, das mit ihm zusammengestoßen war … weißt du, kurz nach seiner Heirat wollte mein Freund keine Kinder, aber als er sich nach dem Unfall wieder erholt hat, haben er und seine Frau in zwei Jahren zwei Kinder gekriegt. Zuerst ein Mädchen, Cinthia. Eigentlich wollte er die Kleine nach der Frau nennen, die beim Unfall gestorben war, weißt du, ich erinnere mich nicht mehr, wie sie hieß …«

»Monica«, dachte Daniel.

»… er dachte, das wäre vielleicht eine Art Wiedergutmachung. Den Jungen wollte er auch nach dem Mann nennen, der bei dem Unfall gestorben war. Aber seine Frau hat sich geweigert, sie sagte, es würde sie bedrücken.«

Daniel schwieg weiterhin und versuchte, zur Seite zu blicken.

»Die Strecke ist ganz schön gefährlich«, begann der Lkw-Fahrer erneut, »hier ist auch Yanina gestorben, die Sängerin. Man hat ihr in dem umgekippten Bus einen kleinen Altar gebaut. Du wirst ihn später sehen. Angeblich kann sie Wunder vollbringen. Ich bin mir da aber nicht so sicher. Man muss ihr seine Bitte auf ein Kärtchen schreiben und in ein Kästchen tun. Meine Frau hat mir aufgetragen, eins dort abzustellen. Ich bin mit meinen Bitten früher immer an die Difunta Correa gegangen.«

Am Straßenrand der Gegenfahrbahn kam ihnen ein Bauer auf einem Pferd entgegen. Der Lkw-Fahrer hob grüßend den Arm, und der Reiter erwiderte den Gruß.

»Der Difunta muss man eine Flasche mit Wasser hinstellen, weil sie nämlich verdurstet ist, weißt du. Ihr Baby war am Verdursten, und während sie ihr Kind gestillt hat, um es zu retten, hat sie dasselbe Schicksal erlitten. Aber ich bitte sie um nichts mehr, weil mein Freund ihr genau an dem Unfalltag noch einige Flaschen mit Wasser vor ihren Altar in der Nähe der Federal gestellt hat. Dann ist er diese Strecke gefahren, und der Unfall ist passiert. Siehst du, da drüben ist der Altar von Yanina«, sagte er plötzlich und parkte den Wagen davor.

Sie stiegen aus und liefen einen Hang hinunter auf die verrostete Karosserie eines Omnibusses zu, der auf die Seite gekippt war. Um den Bus herum bildete ein Zaun aus Trauerweiden und Spruchbändern eine Art improvisierten Hof.

»Das war der Kleinbus der Gruppe. Ein Quartett, weißt du. Sie waren nachts unterwegs und haben die Orientierung verloren. Sind hier von der Straße abgekommen, siehst du, und haben sich mehrfach überschlagen. Die Einzige, die bei dem Unfall ums Leben gekommen ist, war Yanina. Sie war eine Schönheit«, erklärte der Lkw-Fahrer.

Um in den Bus zu gelangen, musste man von hinten hineinklettern und einen Vorhang beiseite schieben. Im vorderen Teil des Busses, über dem Sitz des Fahrers, befanden sich Bilder einer jungen Frau mit kastanienbraunem Haar und sinnlichen Lippen. Die Sonnenstrahlen fielen durch die kleinen Fenster, die sich nun auf dem Dach des Heiligtums befanden und den Ort von oben in ein mitleidiges Licht tauchten. Überall waren Blumengebinde und unzählige transparente Kästchen mit bereits verblassten und zerknitterten Nachrichten abgestellt worden.

»Yanina war ursprünglich Gärtnerin, mit dem Singen hat sie erst später angefangen«, erklärte der Lastwagenfahrer und stellte ein weiteres Kästchen zu den vielen anderen.

»Weißt du, um was meine Frau bittet?«

»Worum denn?«, fragte Daniel.

»Sie bittet um mehr Geld, um Gesundheit, dass mir nichts passiert, wenn ich unterwegs bin, und so weiter – und dann noch darum, dass ich sie nicht betrüge. Verstehst du? Das hat sie nur geschrieben, damit ich es lese. Das ist doch nicht zu fassen, oder?«

Daniel blickte sich weiter um. In einigen Kästchen steckten Familienfotos. An manchen waren verschiedene Dinge befestigt: Nummernschilder, Lenkräder, Babyschühchen, ein am Rand verziertes Plakat mit der Aufschrift ›Yanina, Schutzheilige der Fernfahrer‹ und andere mit den Texten ihrer Lieder.

Sie setzten ihre Fahrt in Richtung Süden fort. Bis zum Rondell von Tabiri, wo Daniel aussteigen musste, waren es nur noch wenige Kilometer.

»Und wie ist der Unfall passiert?« fragte er den Fahrer.
»Welcher?«
»Der von Ihrem Freund.«
»Soviel man weiß, ist das Ehepaar in der Kurve ins Schleudern gekommen. Mein Freund hat anscheinend einen Moment lang das Bewusstsein verloren; er hat mir erzählt, dass später, als er wieder zu sich gekommen war, der Radiomoderator in voller Lautstärke gesprochen hat, weil das Radio immer noch an war – und noch dazu voll aufgedreht war. Er hatte überall Schmerzen und wollte den Arm ausstrecken, um die Lautstärke runterzudrehen. Das erzählt er immer, als ob er in seiner Verwirrung gedacht hätte, dass die Lautstärke des Radios und seine Schmerzen die gleiche Ursache hätten, weißt du, solche Sachen kann der Kopf mit einem anstellen. Und als sie eintrafen, um ihn herauszuholen, haben sie ihn so gefunden, voller Blut, halb tot, während er am Radio rumspielte. Weißt du, noch heute wird er weiß wie eine Wand, wenn jemand das Radio anstellt und er die Stimme dieses Sprechers hört – dabei ist der Unfall schon sieben Jahre her.«
Daniel blickte in den Himmel, der sich mittlerweile bewölkt hatte. Am liebsten wäre er ausgestiegen und allein gewesen, wollte sich aber auch weiter unterhalten. Er spielte mit dem Gedanken, am Seitenfenster einen Zettel zu befestigen, auf dem stand, wer er war.
»Gut, wir kommen jetzt zum Rondell, da muss ich dann abbiegen. Ich hab dich gar nicht gefragt, wie du heißt.«
»Daniel, und Sie?«
»Víctor. Wie, hast du gesagt, heißt die Blondine?«

»Sabrina Love.«
»Sabrina Lof. Na gut, viel Spaß dann. Hast du Kondome dabei?«
»Nein, kümmert sich denn darum nicht ...«
»Das darf doch nicht dein Ernst sein. Nimm dir welche aus dem Handschuhfach.«
Daniel holte eine Schachtel mit drei Präservativen heraus.
»Steck sie ein«, sagte Víctor zu ihm. »Heutzutage mit Aids ist die Sache gefährlich geworden. Als ich in deinem Alter war, hat einem manchmal der Schwanz ein bisschen gebrannt, sie haben dir eine Penicillin-Spritze gegeben und fertig. Heute dagegen steckst du ihn rein und beißt gleich ins Gras.«
Sie verabschiedeten sich, und Daniel stieg bei der Abzweigung nach Tabiri aus. Er lief weiter in Richtung Süden, vorbei an zwei Lehrerinnen vom Land, die auf eine Mitfahrgelegenheit warteten, und an mehreren Soldaten in Ausgehuniform, die sich aufgeteilt hatten, um einzeln zu trampen, und ihn nacheinander grüßten. In der Ferne konnte er eine Tankstelle ausmachen. Er blickte auf die Uhr. Es war vier Uhr nachmittags. Die Wolkendecke war für einen Moment gerissen, die Sonne brannte erbarmungslos vom Himmel herab und schärfte die Konturen der Schatten.

5

Zwei Lastwagenfahrer hatten sich schon geweigert, ihn mitzunehmen; er füllte eine Literflasche mit Wasser und versetzte eine Señora in Angst und Schrecken, die sofort ihr Autofenster hochkurbelte und den Knopf an der Tür runterdrückte, als er sich näherte, um sie anzusprechen. Dann sah er, dass ein Lastwagen in die Tankstelle einfuhr, dessen Ladefläche mit einer Plane abgedeckt war. Der Fahrer befand sich in Begleitung einer Frau. Im grünlichen Halbschatten dahinter konnte man die weißen Uniformen der Lehrerinnen erkennen. Daniel fragte den Mann, ob er ihn in die Nähe von Buenos Aires mitnehmen könne. Der Fahrer erwiderte, wenn er wolle, könne er einsteigen, er fahre jedoch nur zu einem Feld und komme dabei an einem Dorf namens Aguaribay vorbei. Daniel kletterte auf die Ladefläche des Wagens. Außer den Lehrerinnen saßen noch zwei Soldaten auf der einen Seite. Daniel grüßte und machte es sich so bequem, wie es mit der Tasche zwischen den Beinen möglich war.

Unterwegs strich der Wind zischend durch die Ritzen der Plane. Die Lehrerinnen hatten es sich auf dem Radkasten bequem gemacht und schaukelten mit den Beschleunigungs-

und Bremsmanövern, ohne mit irgendjemandem einen Blick zu wechseln; die Soldaten saßen rauchend auf einer großen Kiste und ließen die beiden Frauen nicht aus den Augen. Dann hielt der Lastwagen an, und der Fahrer rief nach hinten: »Wir sind in Gil!«
Die Lehrerinnen stiegen aus und grüßten schüchtern. Daniel blickte ihnen durch die rechteckige Öffnung in der Plane nach, bis sie nur noch zwei weiße Punkte mitten in der Landschaft waren. Er merkte, dass die Soldaten miteinander flüsterten und ihm hin und wieder einen Blick zuwarfen. Er überlegte gerade, wie er ein Gespräch beginnen konnte, als sich der Kurzgeschorene an ihn heranschlich und ihm seine Tasche entriss. Mit einem kleinen Messer, das er plötzlich zückte und Daniel vor die Nase hielt, gab er ihm zu verstehen, dass er sich besser nicht widersetzen sollte.
»Lass ihn«, sagte der Dunkelhäutigere, ohne seine Zigarette aus der Hand zu legen. Der Kurzgeschorene ging mit Daniels Tasche an seinen Platz zurück. Er öffnete sie und begann, den Inhalt herauszunehmen und ihn einer spöttischen Bestandsaufnahme zu unterziehen.
»Eine Jeans«, sagte er und legte sie auf die Seite, »ein blaues T-Shirt, eine Flasche mit Wasser – Vorsicht; zerbrechlich, ein paar belegte Brote, ein Paar Socken … Was ist denn das für eine Farbe?«
»Die Farbe von getrocknetem Blut«, antwortete der andere.
»Das soll die Farbe von getrocknetem Blut sein? Hast du schon mal getrocknetes Blut in dieser Farbe gesehen?«
»Man nennt das so … oder auch blutrot.«
»Für mich ist das dunkelrot. Dunkelrote Socken, eine Ta-

sche, ein Handtuch mit einem Pferd darauf, ein Kamm, Seife, Deo, offensichtlich ein sauberes Bürschchen, Zahnbürste, Zahnpasta, sehr schön, Rasierapparat, eine blaue Unterhose, ein Unterhemd, das ihm die Mama eingepackt hat und – was haben wir denn da!«

Daniel funkelte den Mann wütend an.

»Lass ihn in Ruhe«, sagte der andere.

»Das hat ihm aber nicht die Mama eingepackt, das kommt vom Papa.« Er nahm die Kondome aus der Tasche und balancierte sie mit überraschtem Gesicht zwischen den Fingern. »Mal sehen, was es sonst noch gibt ...« Er öffnete den Reißverschluss der Seitentasche.

»Der Ausweis mit einem Foto von Daniel Mario Montero mit verschlafenem Gesicht. Zehn, fünfzehn ... sechzehn Pesos? Du verreist mit sechzehn Pesos?«

»Wenn ich mehr Kohle hätte, würde ich mit dem Bus fahren, wo ich solche Schwuchteln wie euch erst gar nicht getroffen hätte«, antwortete Daniel.

»Ich, eine Schwuchtel? Der Einzige, der hier gleich flennen wird, bist du.«

»Aber auch nur, weil du ein Messer hast.«

»Gut, hier hast du es«, erwiderte der Kurzgeschorene und warf es mit einem Lächeln zu Boden. »Mal sehen, was du jetzt machst?«

Daniel griff danach und machte Anstalten, es nach draußen zu schleudern.

»Wenn du es rausschmeißt, mach ich dich kalt.«

Daniel blickte in die Schneide des Messers. Er verbarg das Gesicht in seiner Armbeuge, brach in Tränen aus und kauerte sich in einer Ecke der Ladefläche zusammen. Er traute sich nicht, irgendetwas zu machen. Er gab dem Kurzgeschorenen das Messer zurück, der lachend zu seinem Kumpel sagte, er solle nachsehen, wann sie da seien. Der Dunkelhäutige steckte den Kopf hinaus und sagte, sie seien schon ein Stück zu weit.

»Sechzehn Pesos, ist das alles? Lass mal deine Hosentaschen sehen, los, dreh sie nach außen«, befahl der Mann. Daniel drehte seine Hosentaschen nach außen, und das Einzige, was herausfiel, war der Stein, den er nicht gegen Fernandos Rollladen geworfen hatte. Der Dunkelhäutige klopfte an die Scheibe der Fahrerkabine, und der Lastwagen hielt an. Der Kurzgeschorene kletterte hinunter und sagte zu Daniel: »Wenn du nicht die Klappe hältst, schneide ich dir die Eier ab und werfe sie den Schweinen zum Fraß vor.«

Als der Lastwagen wieder angefahren war und die Soldaten sich beim Fahrer bedankt hatten, griff Daniel wutentbrannt den Stein und warf ihn dem Kurzgeschorenen hinterher, als würde er ihm einen Peitschenhieb versetzen. Der Stein traf den Mann an der Stirn. Daniel sah, wie er sich verwirrt mit den Händen an den Kopf fasste. Mittlerweile war der Lastwagen jedoch schon ein ganzes Stück weitergefahren, und auch die Soldaten verloren sich bald in der Ferne.

Daniel packte seine Sachen in die Tasche und trocknete sich zitternd die Tränen. Er hatte das Gefühl, dass der Stein auf irgendeine Art und Weise sein Freund gewesen war. An diesem Morgen war ihm klar geworden, dass er die Reise allein antreten musste, und so hatte er den Stein als eine Art Talisman behalten; in Curuguazú hatte er den Arm erhoben, um den Stein sachte zu werfen, und es dann doch nicht getan – bis er ihn nun, gleichsam nach einem Anlauf von mehreren hundert Kilometern, mit aller Kraft geworfen hatte. Er stützte den Kopf auf die Tasche, hielt die Augen jedoch offen. Zum ersten Mal wurde ihm bewusst, dass er allein war.

Eine Stunde später hielt der Lastwagen erneut an. Daniel hörte, dass der Fahrer gegen die Scheibe klopfte, und stieg aus. Der Mann erklärte ihm, er könne ihn nur bis hierher mitnehmen, weil er nun von der Hauptstraße abbiegen müsse. Daniel bedankte sich, ohne ein Wort über den Zwischenfall zu verlieren, und sah dem Lastwagen nach, der sich auf dem unasphaltierten Weg entfernte und dabei eine weiße Staubwolke aufwirbelte, als zöge er ein Federkissen hinter sich her.

6

Kondensstreifen überzogen den Nachmittagshimmel und überkreuzten sich. Je weiter er nach Osten kam, desto dichter säumten die Palmen den Weg. In den Lagunen zu beiden Seiten konnte er weiße Reiher erkennen, die entweder unbeweglich dastanden oder die Luft mit ihren ruhigen Flügelschlägen durchschwammen. Hin und wieder flogen aufgeregte Papageienschwärme vorbei. Wann immer er einen Motor hörte, hielt er den Daumen hoch. Wie ihm der dicke Carboni prophezeit hatte, fuhren die Autos mit voller Geschwindigkeit an ihm vorbei und bemerkten ihn oft nicht einmal. Hier, mitten auf offener Straße, umgeben von Palmen und Vögeln, befand sich Daniel in einer anderen Dimension.

Die Mücken stachen ihn unaufhörlich in die Fußknöchel, durch sein Hemd hindurch in den Rücken, in die Finger und auf die Stirn. Der Riemen seiner Tasche schnitt ihm in die Schulter. Er sah, dass die Sonne langsam unterging, und ihm wurde bewusst, dass er während der Nacht entweder unter freiem Himmel schlafen oder weiterlaufen musste.

Die Autos fuhren bereits mit Licht, die Fahrer, die nun geschützt und abgeschottet in ihren verschlossenen Karosserien saßen, waren kaum noch zu erkennen. Sie kosteten ihre Freiheit aus und fuhren nun mit hoher Geschwindigkeit; innerhalb von Sekundenbruchteilen waren sie wie ein Blitz an ihm vorbeigezischt, beinahe als würden sie fliegen – und er versank jedes Mal noch tiefer in der Nacht, noch weiter entfernt, einer kriechenden Schnecke immer ähnlicher, die an der Erde klebte und nur langsam vorwärts kroch.

Er ging auf ein Licht zu. Von weitem erkannte er, dass es sich um einen Fernseher handelte. Neben einer Hütte, die provisorisch am Straßenrand errichtet worden war, befand sich ein Stand mit Wassermelonen, Honig, Eiern und Landkäse, der offensichtlich einer alten Guaraní-Indianerin mit Strohhut auf dem Kopf gehörte. Sie saß unter einem Sonnendach aus schäbigem Sackleinen und sah hin und wieder zum Fernseher hinüber. Daniel grüßte sie.

»Möchtest du etwas?«, fragte die Alte.

»Nein danke, ich bin auf der Durchreise.«

Beide blickten zum Fernseher hinüber. Insekten surrten um das unablässig flackernde Licht, klebten am Bildschirm fest, und liefen über das Gesicht der Moderatorin der Unterhaltungsshow, die gerade erklärte: »Um die Million zu gewinnen, müssen Sie aus dem Spielfeld eine Zahl zwischen eins und zehn wählen.« »Vier«, murmelte die Alte. »Sieben«, antwortete eine Stimme, die bei der Show angerufen hatte. »Nein, wie schade, es war die Vier, versuchen Sie es ein anderes Mal wieder, meine Liebe. Ciao.« Die Farben waren viel zu kräftig eingestellt.

»Wollen Sie nicht ein bisschen von der Farbe wegnehmen?«, fragte Daniel die Alte.

»Von was?«
»Von der Farbe«, sagte Daniel und drückte den Knopf, bis das Bild sich normalisiert hatte.
»Nein«, antwortete die Alte, »mach es wieder so, wie es vorher war, sonst regt sich mein Sohn noch auf. Ich kenn' mich mit den Knöpfen nicht aus. Mein Sohn schaltet mir den Fernseher morgens an und macht ihn abends aus, wenn er mich abholt.«
Daniel stellte die Farben wieder stärker ein.
Offensichtlich gefiel der Alten das Bild umso besser, je kräftiger die Farben waren.
»Und Sie wechseln nie das Programm?«, erkundigte er sich.
»Nein.«
»Soll ich Ihnen zeigen, wie es geht?«
»Nein«, antwortete die Alte, »ist schon gut so.«
Daniel erinnerte sich an die gemeinsamen Fernsehabende mit seiner Großmutter. Für gewöhnlich schaltete er immer so schnell um, dass seine Großmutter die Erzählstränge der einzelnen Filme miteinander vermischt und ihre eigene Handlung erfunden hatte; der Vorzug ihrer Geschichte war, dass sie immer mit einem Happy End ausging, denn wenn seine Großmutter eine Weile vor dem Fernseher gesessen hatte und eine Szene mit Gelächter, Umarmungen oder Liebesbeteuerungen zu sehen war, erhob sie sich, erklärte »was für ein schönes Ende«, und ließ Daniel völlig verdutzt zurück, der sich jedes Mal fragte, was sich seine Großmutter wohl ausgedacht haben mochte.
Er verabschiedete sich von der Alten und tauchte erneut ein in die Dunkelheit, die nicht zu dieser Welt zu gehören

schien. Am Himmel standen Sterne und ein zunehmender Mond, der die Schatten kleiner werden ließ; Daniel konnte gerade noch erkennen, wo der Weg verlief. Daniel nahm einen Schluck aus seiner Wasserflasche und aß im Gehen das letzte belegte Brot, während er sich ununterbrochen an seinen Stichen kratzte. Er war müde, benommen von der Hitze, und die Stiche an den Füßen schmerzten ihn. Er hätte es vorgezogen, weiterzulaufen und die Nacht nicht an diesem Ort zu verbringen. Die Einsamkeit auf dem Land machte ihm weniger Angst als die Gesellschaft von Fremden. Nun blieb ihm noch ein Tag, um zu Sabrina Love zu gelangen, und je weiter er in dieser Nacht kommen würde, desto näher würde er ihr bei Anbruch des nächsten Tages, des Samstags, sein. Er musste weiterlaufen, obwohl ihn die durch die Mückenstiche hervorgerufenen Schwellungen an Schläfen und Händen schmerzten und er sich am liebsten an Ort und Stelle zum Schlafen hingelegt hätte, und obwohl es in dieser Gegend vielleicht Schlangen gab oder Soldaten vorbeikamen, die ihn womöglich tot im Straßengraben zurücklassen würden. Er musste weiterlaufen, obwohl er am liebsten in Tränen ausgebrochen wäre, denn wenn er diese ganze Strecke erst einmal zurückgelegt hatte, erwartete ihn in einem weichen Bett die echte Sabrina Love – nicht die unerreichbare aus dem Fernsehen, sondern die aus Fleisch und Blut, die ihre bronzenen Schenkel für ihn öffnen würde, um ihn zu empfangen, und die ihm seinen Namen ins Ohr stöhnen würde. Er konnte sie nun vor sich sehen, sie näherte sich mit einem Aufblitzen in der Dunkelheit, warf ihre Kleider ab, trat ihm entgegen aus dem Nichts der Nacht, lief mit langsamen, angriffslustigen Schritten auf ihn zu, das Gesicht verheißungsvoll, den Mund leicht geöffnet, voll süßer Küsse und Zähne, die sich geöffnet hatten, um die geübte Zunge leidenschaftlich hinausgleiten zu lassen. Es schien ihm, als könne er sie umarmen, sich ihr Bild bewahren, wenn er sich direkt hier auf dem Feld hinlegen würde, die Tasche am Kopfende, vielleicht könnte er sie so weiterhin im Arm halten und einen Moment lang schlafen …

Das geschäftige Treiben auf dem Feld weckte ihn. Er öffnete die Augen. Er war umgeben von schwarzen Tieren, die bis zu den Sternen reichten, riesige Köpfe hatten und sich näherten, um ihn zu beschnuppern und sich dann wieder zu entfernen. Er war umgeben von Klauen, die entschieden auf den Boden stampften, von Schnauben und von Hörnern, die sich näherten und sich wieder ins Unendliche entfernten. Er lag bewegungslos auf dem Boden und wusste nicht, was er tun sollte, bis er schließlich zwei schwarze Reiter erkannte, deren Umrisse sich gegen den dunkelblauen Himmel abzeichneten.

»Ich bin hier eingeschlafen«, erklärte Daniel und erhob sich.

Die Pferde scheuten, und die Reiter, die ebenfalls nervös waren, banden sie in der Nähe an.

»Wer bist du?«, fragte einer der Reiter verärgert.

»Ich bin Daniel Montero, ich bin hier eingeschlafen. Ich bin per Autostopp unterwegs nach Buenos Aires.«

»Dann haben die Tiere also nicht zufällig gescheut«, bemerkte der Mann, nun schon sehr viel ruhiger.

Der Bauer stellte sich vor, er hieß Toro Reynoso und erzählte

Daniel, dass sie ihre Kühe zum Grasen an den Straßenrand führen mussten, weil die Weide, die sie gepachtet hatten, überschwemmt war. Sie wollten die Tiere nun mit Stricken wieder zusammentreiben und nutzten dabei die Begrenzungen des Drahtzauns und der Gebüsche, damit sie nicht wieder auseinander liefen. Als sie die Kühe beisammen hatten, entfachten sie an der Seite ein Feuer. Daniel konnte ihre Umrisse in der Dunkelheit ausmachen, während sie die Pferde absattelten und Brennholz suchten. Er half ihnen und steuerte einige trockene Äste bei. Im hellen Schein des Feuers konnte er die Gesichter der beiden erkennen. Reynoso hatte etwas von einem Zigeuner an sich mit seinem großen weißen Schnurrbart und der bunten Kappe auf dem Kopf, sein Sohn war um die zwölf Jahre alt und starrte wie sein Vater gedankenverloren in die Flammen.

»Haben Sie noch einen weiten Weg vor sich?«, erkundigte sich Daniel.

»Nein, nur bis hierher.«

»Heutzutage hat man keine festen Weideplätze mehr, oder?«

»Nein«, antwortete Reynoso, »heute zieht man von einer Weide zur nächsten.«

Es herrschten immer wieder längere Gesprächspausen. Daniel stellte unermüdlich Fragen und gab Kommentare ab, aber durch die einsilbigen Antworten des Bauern geriet die Unterhaltung immer wieder ins Stocken. Der Mann schnitzte mit einem großen schwarzen Messer an einem Stück Holz herum und warf hin und wieder getrocknete Kuhfladen ins Feuer, um die Mücken durch den Rauch zu vertreiben. In einer Kanne erhitzten sie Wasser und bereiteten Mate-Tee zu.

Danach suchte sich jeder einen Platz zum Schlafen. Daniel blickte noch eine Weile zu den Sternen hinauf und lauschte den immer seltener vorbeifahrenden Autos, den Grillen, dem Brüllen der verirrten Kälber und ihrer umsichtigen Mütter – bis sich schließlich alles langsam auflöste wie die Tiere, die sich manchmal in den Wolken formen.

7

Der Wal war an Land geschwemmt worden, als das Hochwasser zurückging. Daniel stand in der Gluthitze mit den anderen Jungs in Schuluniform in einer langen Schlange, die von zwei Lehrerinnen organisiert wurde. Schließlich war er an der Reihe, die Treppen hinaufzusteigen, um den Koloss aus der Nähe zu betrachten. Man konnte kaum erkennen, was Wurzeln und Zweige und was die Flossen des Tieres waren, denn in Wirklichkeit handelte es sich um einen riesigen Bagrewels und keinen Wal, aber besser, er hielt den Mund. Plötzlich blickte Daniel in das Auge des Tieres, in dem sich sein langsamer und stiller Todeskampf widerspiegelte. Er musste wieder hinuntersteigen, damit auch die anderen das Phänomen begutachten konnten. Die Jungs und die Vögel kreischten. Er schlug die Augen auf. In dem Baum, unter dem er eingeschlafen war, saßen unzählige schwarze Drosseln, die bei jeder seiner Bewegungen verschreckt aufflogen. Reynoso und sein Sohn waren schon aufgestanden. Daniels Blick fiel auf die Asche des Lagerfeuers. Es war neun Uhr morgens. Er rappelte sich hoch und sah Vater und Sohn näher kommen, die gerade mit lauten Rufen versuchten, die Tiere beieinander zu halten.

Mit steifen Gliedmaßen sammelte er seine Sachen zusammen, urinierte auf die Kohlenglut und lief Reynoso und seinem Sohn nach. Er spürte, dass seine Füße voller Blasen waren, wollte aber lieber nicht nachsehen. Der Himmel war bewölkt. Auf der Straße war nun wieder mehr los als tags zuvor. Plötzlich fiel ihm ein, dass Samstag war – der Tag seines Treffens mit Sabrina Love – sein Magen krampfte sich zusammen.

Als sich ein Zwischenfall mit den Kühen ereignete, hatte er Glück. Die Tiere waren davongelaufen und im Begriff, die Straße zu überqueren. Reynoso und sein Sohn konnten sie nicht sofort wieder einfangen und so hielt die Herde einen Moment lang den Verkehr auf. Daniel ging auf einen mit Sand beladenen Lastwagen zu, der darauf wartete, dass der Weg wieder frei wurde.

»Wir fahren nach Ibicuy, da wird gerade an der Straße gearbeitet«, erklärte der Beifahrer.

»Mir ist alles recht, was mich Buenos Aires näher bringt.«

»Dann klettre hinten drauf.«

»Aber Vorsicht mit dem Leguan!«, rief ihm der Fahrer zu.

Daniel hörte die Männer lachen. Er warf die Tasche hinauf und kletterte zufrieden auf die Ladefläche. Als es Reynoso schließlich gelungen war, die Tiere von der Straße zu treiben, setzte sich der Wagen mit den anderen Autos in Bewegung. Als sie an Vater und Sohn vorbeifuhren, hob Daniel zum Abschied die Hand.

Er legte sich mit dem Rücken auf den feuchten Sandberg und blickte in den Himmel. Das zitternde Dröhnen des Lastwagens machte ihn schläfrig. Hin und wieder schloss er die Augen und wenn er sie, aufgeschreckt durch die ungestüme Fahrweise, ruckartig aufriss, sah er, wie hoch oben einige Vögel oder die Wolken vorbeizogen. Ein Wirbelwind streute ihm Sand in die Augen. Blind richtete er sich auf, hielt schützend einen Arm vors Gesicht und suchte stolpernd nach einem geeigneteren Sitzplatz dem Sandberg gegenüber. Der Wagen bremste und beschleunigte. Daniel machte einige Schritte, um nicht hinzufallen, und trat in einer Ecke auf etwas Weiches, Knorpeliges. Er machte einen Satz nach hinten. Was er da sah, ließ ihm das Blut in den Adern gefrieren: Vor ihm lag ein Mann, der offensichtlich tot war; seine rechte Körperhälfte war vom Sand völlig bedeckt. Er hatte indianische Züge und war vollkommen regungslos. Daniel starrte die Leiche an, völlig ratlos, was er tun sollte. Vermutlich hatten die Lkw-Fahrer den Mann umgebracht und ihn verstecken wollen. Vielleicht wollten sie auch ihn umbringen. Er spielte mit dem Gedanken, seitlich vom Lkw zu springen, wenn sie etwas langsamer fuhren. Fassungslos fuhr er einige Kilometer weiter mit, bis er schließlich all seinen Mut zusammennahm, sich dem Toten näherte und ihn an der Schulter schüttelte. Der Mann bewegte sich, hustete, öffnete ein wenig die Augen und sagte einige Worte in Guaraní. Daniel versuchte ihn hochzuziehen, aber ein Arm und ein Bein des Mannes steckten vollständig im Sand. Er half ihm, indem er mit den Händen den Sand wegbuddelte. Der Arm des Indianers schien in irgendetwas eingeklemmt zu sein. Daniel musste noch mehr Sand wegschaufeln. Plötzlich spürte er, dass er einen Henkel in der Hand hielt. Schließlich grub er eine riesige leere Flasche aus. Als der Mann befreit war,

setzte er sich auf. Er war um die Dreißig und wirkte so verwirrt und mitgenommen, als käme er geradewegs von einem Saufgelage. Benommen lehnte er sich zurück. Daniel setzte sich neben ihn und schwieg eine Weile.
»Wer bist du?«, fragte der Mann und sah ihn an.
»Daniel Montero. Ich bin per Autostopp unterwegs, der Wagen hat angehalten und ich bin hochgeklettert.«
»Verdammt noch mal, der Sand hat mich fast völlig zugedeckt. Wohin fahren wir eigentlich?«
Daniel richtete sich auf und sah auf die Landschaft hinaus. »Keine Ahnung. Wir sind noch nicht in Ibicuy«, sagte er in einem lautlosen Schrei, weil ihm der warme, starke Wind die Worte aus dem Mund riss.
Danach bot er dem Mann Wasser aus seiner Flasche an.
»Das ist ja pures Gift!«, rief der aus, als er das Wasser probiert hatte, nahm aber doch noch einige Schlucke und schien wieder zu Kräften zu kommen.
»Mein Helm liegt noch unter dem Sand.«
»Was für ein Helm?«
»Mein Arbeitshelm. Wir haben heute früh den Sand in Colón aufgeladen, dann bin ich eingeschlafen, und als sich der Wagen wieder in Bewegung gesetzt hat, hat mich der ganze Sand zugeschüttet.«
Daniel bemerkte, dass der Fremde mit paraguayischem Akzent sprach. »Hast du die ganze Flasche alleine ausgetrunken?«, fragte Daniel ihn.
»Nicht alles, sie war schon angebrochen.«
Die Windstöße wirbelten den Sand auf und unterbrachen die Unterhaltung. Manchmal mussten sie den Kopf zwi-

schen die Knie stecken und die Arme schützend vor den Körper halten. Immer wieder wurden sie während der dreistündigen Fahrt von den ruckartigen Manövern durchgeschüttelt.

»Hättest du mich nicht geweckt, wäre ich womöglich unter dem Sand liegen geblieben. Wie heißt du noch mal?«

»Daniel, und du?«

»Man nennt mich Iguana, den Leguan, aber eigentlich heiße ich Aldo; ich bin aus Asunción.«

»Ich aus Curuguazú.«

»Und wohin fährst du?«

»Nach Buenos Aires«, antwortete Daniel.

»Zum Arbeiten?«

»Nein, um die Nacht mit einem Mädchen zu verbringen.«

»Mit einer Nutte?«

»Nein«, antwortete Daniel.

»Ist es dein erstes Mal?«

»So was Ähnliches.«

»Von Curuguazú nach Buenos Aires, nur um 'ne Tante flachzulegen? Ganz schön weit, mein Freund.«

»Aber die Tante ist es wert. Wofür ist der Sand eigentlich?«, wechselte Daniel das Thema.

»Um Beton für die Bauarbeiten an der Brücke auf der neuen Straße draus zu machen. Die bauen noch zwei Spuren in jede Richtung. Auf der einspurigen Straße gab's zu viele Unfälle.«

Aldo nahm ein Etui aus seiner Hemdtasche und bot Daniel eine Zigarette an. Nur mit Mühe konnten sie die erste anzünden. Den Rauch sah man kaum, er zog sofort nach hinten.

Die Asche fiel von allein ab und kreiste in der Luft, bevor sie verschwand.
Daniel bemerkte einige dunkle Wolken in der Nähe des Horizonts.
»Sieht aus, als ob es bald zu regnen anfängt.«
»Jetzt nicht. Heute Nacht«, meinte Aldo.
Sie hielten an einem Grundstück mit Bauschutt an, auf dem große Maschinen und mit Baumaterial beladene Lkws abgestellt waren. Sie stiegen vom Wagen und streiften sich den Sand ab. Aldo warf die leere Flasche ins Gras und sagte zu Daniel, er könne mit den anderen Arbeitern im Zelt zu Mittag essen; er würde ihn als Helfer der Fahrer ausgeben, dann wäre das Essen für ihn umsonst. Anfangs lehnte Daniel dankend ab, nahm das Angebot dann aber doch an, weil er Hunger hatte und ihm bewusst wurde, dass sich ihm, pleite wie er war, wohl keine andere Möglichkeit bieten würde, an eine Mahlzeit zu kommen.
»Hast du den ganzen Wein ausgetrunken, Iguana?«, fragte der Lkw-Fahrer.
»Ihr zwei könnt mich mal«, antwortete Aldo. »Ich hab' die Flasche bezahlt, ihr habt den Wein getrunken, und mir habt ihr die leere Pulle übrig gelassen.«
»Wir haben dir doch was übrig gelassen.«
»Ein paar Schluck, sonst nichts.«
Die beiden Männer lachten weinselig.
»Negro«, wandte sich Aldo an den Fahrer, »der Junge hier wird mit uns essen; wenn dich jemand fragt, dann sagst du, er ist unser Helfer.«
Sie gingen zu einem großen Zelt hinüber. Einige Männer

aßen bereits und saßen nebeneinander an einem Tisch, der auf Holzböcke gestützt war, andere standen in der Schlange und warteten auf einen der gut gefüllten Teller. Aldo, Daniel und die beiden Männer aus dem Führerhaus des Lkws reihten sich ein. Der Indianer erklärte dem Mann, der das Essen mit einer Kelle auf die Teller schöpfte, dass Daniel zu ihnen gehöre. Jeder nahm einen Löffel aus dem Besteckkasten und ein Stück Brot aus einem riesigen Papiersack. Sie setzten sich fast ganz ans Ende einer der Bänke und stellten die Teller auf die erdigen Tische, auf denen einige Plastikkannen mit Orangensaft standen. Jeder schenkte sich selbst ein. Es wurde kaum gesprochen, als wollte jeder Energie sparen. Ein paar aufdringliche Fliegen hockten sich auf das Essen und krabbelten auf den Rändern der Gläser herum. Ab und zu lachte jemand über einen Witz.

Daniel kaute eingeschüchtert und warf den anderen bisweilen flüchtige Blicke zu. Ihm fiel auf, dass die Männer sonnenverbrannt waren, aber eine weiße Stirn hatten, weil sie Arbeitshelme trugen; er bemerkte ihre großen, trockenen Hände, die sonst Werkzeuge, nun aber die kleinen Löffel hielten, Hände, die das Brot zerteilten, als würden sie Bauschutt zerlegen. Er hätte seinen Gesten und seinem Verhalten auch gerne mehr Derbheit verliehen. Plötzlich schämte er sich für seine zarten Hände, mit denen er den ganzen Tag Knöpfe drückte und Nummern in Bücher schrieb. Wie gerne wäre er bei seinem Treffen mit Sabrina Love ein wenig männlicher aufgetreten, breiter und reifer, selbstbewusster und entschiedener. Als er seinen Becher nahm, um einen Schluck zu trinken, hob Aldo ebenfalls

sein Glas und prostete ihm zu: »Auf dein erstes Mal, mein Junge.«
Daniel lachte. Daraufhin fragte Negro: »Hast du dein erstes Mal gerade hinter dich gebracht?«
»Nein«, antwortete Aldo, »er wird sein erstes Mal in Buenos Aires erleben.«
»Wirklich? Klasse«, sagte Negro, erhob sich, und mit seiner weinseligen, rauen Stimme rief er in die Runde: »Dieser Kollege hier, wie heißt du, Kumpel?«
»Daniel.«
»Der Kollege Daniel ist unterwegs nach Buenos Aires zu seinem Ersten Mal, lasst uns ihm also alles Gute wünschen, Jungs.«
Es wurde geklatscht, gepfiffen, und jemand stieß einen langen Schrei aus. Daniel spürte alle Blicke auf sich, er errötete, und vor Scham traten ihm Tränen in die Augen. Zum Glück legte sich der Lärm bald von allein, und man vergaß ihn schnell, außerdem musste jeder seinen Platz sofort wieder für die Männer räumen, die von den verschiedenen Baustellen an der Straße kamen. Sie standen auf, und Daniel verabschiedete sich von dem Indianer, der beim Entladen des Lkws helfen musste.
Er lief weiter, konnte jedoch nur mit Mühe atmen, und spürte die Schwere der Gewitterwolken, die sich am Himmel zusammenzogen. Wenn er an den Aufruhr im Zelt dachte, stieg ihm die Röte ins Gesicht. Alle Männer hatten ihm Mut zugesprochen. Er konnte den Lärm beinahe wieder hören, und eine stürmische Freude erfasste ihn. Aber irgendetwas machte ihn nervös, eine Art Erniedrigung, das Gefühl, weniger

männlich zu sein als all die anderen Männer – oder war es die öffentliche Bekanntmachung seiner Unberührtheit? Plötzlich hatte er das Gefühl, als ob der tosende Applaus und die Pfiffe und besonders der Schrei am Schluss Spötterei gewesen wären, ein schallendes Gelächter angesichts seiner mangelnden Erfahrung, seiner vermeintlichen Unreife und Zerbrechlichkeit. Er wusste nicht mehr, wem er vertrauen konnte, denn der dicke Carboni hatte ihm zwar gute Ratschläge gegeben, aber er hatte nicht Recht gehabt, als er gesagt hatte, alle Paraguayer seien Verbrecher, schließlich hatte Aldo, der aus Asunción kam, ihm geholfen. Außerdem hätte er es noch vor zwei Tagen nicht für möglich gehalten, dass einen Soldaten in Uniform beklauen könnten; sie hatten ihn so sehr an seinen Bruder erinnert, da er vor kurzem auf Militärurlaub zu Hause gewesen war. In Curuguazú wusste er, auf wen er bauen konnte, vielleicht kannte er nicht alle, aber wenigstens waren ihm die Gesichter so vertraut wie die ruhigen Straßen. Hier jedoch, fern von zu Hause, waren alle Gesichter fremd und distanziert; sie kamen plötzlich näher mit rasender Geschwindigkeit und wurden dann wieder riesig und dunkel – wie der gestrandete Wal in seinem Traum: Daniel hatte zwar direkt in eines seiner Augen geblickt, hatte aber trotzdem nicht unterscheiden können, was zum Körper des Tieres gehörte und was Zweige und Wurzeln des Baumes waren.

8

Nachdem er zwei Stunden lustlos weitergelaufen war, kam er zu einer Brücke, auf der nur eine Fahrspur für den Verkehr freigegeben war, weil auf der anderen gerade das Geländer repariert wurde.

An jedem Ende der Brücke stand ein Mann mit einer orangefarbenen Fahne in der Hand, um den Verkehr in beide Richtungen zu regeln. Alle fünf Minuten bildete sich eine Autoschlange, die darauf wartete, passieren zu dürfen. Daniel ging jedes Mal an den wartenden Autos vorbei und blickte fragend in die Gesichter der Fahrer, den Daumen in Richtung Süden gerichtet. Einige würdigten ihn keines Blickes, andere gaben ihm mit einem Zeichen zu verstehen, dass sie nicht mehr weit fahren würden oder keinen Platz mehr hatten, andere lehnten von vornherein ab.

Wenn sich die Autoschlange wieder in Bewegung setzte, ohne dass ihn jemand mitgenommen hatte, verspürte er jedes Mal eine gewisse Erleichterung, denn die vielen Zurückweisungen demütigten ihn. Doch dann wurde ihm bewusst, wovor er wirklich Angst hatte: dass ihn plötzlich jemand bis zur Hauptstadt mitnahm, denn dann bliebe ihm nichts an-

deres übrig, als all seinen Mut zusammenzunehmen und die Nacht mit Sabrina Love zu verbringen.
Er entfernte sich von der Straße und lief zum Ufer des Baches, setzte sich ins Gras und dachte darüber nach, ob er nicht besser wieder nach Hause zurückkehren, auf die andere Seite der Brücke gehen und per Autostopp in Richtung Norden reisen sollte. Vielleicht nahm ihn jemand bis zu der Brücke mit, an der an diesem Nachmittag der Gringo mit seinem Boot vorbeikommen würde – und wahrscheinlich konnte er noch in dieser Nacht wieder in seinem Bett schlafen.
Er legte sich auf dem Bauch ins Gras. Vor seinen Augen zog eine Kolonne schwarzer Ameisen vorbei, die Knospen, Blätterteilchen verschiedener Größen und Formen, winzige Blüten und Halme beförderten; er übertrug in Gedanken diese Anstrengung auf die Menschenwelt und dachte, dass ein Mensch dann mindestens einen Baumstamm auf dem Rücken schleppen musste. Wieder hatte er das Gefühl, sich in einer anderen Welt zu befinden, die sich völlig von jener der Straße unterschied – eine Welt mit ganz anderen Proportionen, weiträumiger und gleichzeitig mikroskopisch klein, eine Weite, die sich aus winzigen Dingen zusammensetzte wie eben diesen Ameisen, die man gar nicht sehen konnte, wenn man im Auto vorbeifuhr. Er hatte das Gefühl, sich am Rand der Straße zu bewegen, in etwa so, als wäre er auf hoher See über Bord gegangen, als glitte er in ein anderes Umfeld, in dem eine gewisse Langsamkeit vorherrschte und es schwierig war, wieder in die alte Umgebung zurückzukehren, in der alles mit Raketengeschwindigkeit ablief. Plötzlich atmete irgendetwas sehr nah an seinem Ohr. Es war ein schwarzer

Hund, ein Labrador. Daniel setzte sich und begann, ihn zu streicheln. Der Hund blieb ruhig an seiner Seite sitzen.
»Sombra!«, rief ein Mann von der Straße her. »Sombra!«
Daniel hörte auf, das Tier zu streicheln, damit es zu seinem Herrchen zurücklief, aber der Hund rührte sich nicht vom Fleck. Daniel erhob sich, ging zur Straße hinauf, und der Hund folgte ihm. Der Besitzer kam bereits den Abhang heruntergelaufen, und sie trafen sich auf halbem Weg.
»Er hat es satt, im Auto zu sitzen, und möchte nicht mehr einsteigen«, erklärte der grauhaarige Mann, der ungefähr fünfzig Jahre alt war. »Gehen wir, Sombra?«
Aber der Hund machte keinerlei Anstalten, solange Daniel sich nicht auch bewegte, also lief der Junge, den das Verhalten des Tieres amüsierte, zum Auto in der Schlange hinüber, damit der Hund einstieg. Der Mann, der über seinen Hund ebenfalls lachen musste und das Tier ungläubig ansah, blickte auf Daniels Tasche und fragte: »Willst du nach Buenos Aires?«
»Ja.«
»Suchst du eine Mitfahrgelegenheit?«
»Ja. Ich habe schon ein paar Stunden an der Straße gestanden, aber niemand hat angehalten.«
»Gut, wenn du willst, steig ein.«
Daniel nahm das Angebot an und setzte sich auf den Beifahrersitz des Renaults. Der Hund kletterte auf die Rückbank. Der Mann stellte sich vor, er hieß César Gagliardi und war auf der Rückfahrt von einem Grundstück, das er in der Nähe von Colón besaß. Die Autos setzten sich in Bewegung und fuhren über die Brücke.

»Und du, wie heißt du?«
»Daniel Montero, ich bin aus Curuguazú.«
»Besuchst du jemanden in Buenos Aires?«
»So ähnlich, ja.«
»Wie ›so ähnlich‹? Wen besuchst du denn?«
»Eine Frau.«
»Ah, daher weht der Wind! Wer ist denn die Glückliche?«
»Eine Frau, die im Fernsehen eine Nacht mit sich verlost hat.«
»Du willst mir doch nicht sagen, dass du bei der Verlosung von Sabrina Love gewonnen hast.«
»Doch«, antwortete Daniel, erfreut, dass jemand Sabrina kannte.
»Das darf doch nicht wahr sein! Und du hast wirklich gewonnen?«
»Ja.«
»Ein paar von meinen Freunden haben angerufen, um teilzunehmen ... Gut, warum soll ich dich anlügen, ich habe es auch versucht. Welche Nummer hat gewonnen?«
»Zweitausendsiebenhundertsechsundfünfzig.«
»Menschenskind! Und du hast diese Nummer, was für eine Schweinerei. Anscheinend haben ungefähr fünfzigtausend Leute angerufen. Kannst du dir vorstellen, was die abgesahnt haben? Du brauchst dir ja nur zu überlegen, dass bei diesen 0600er-Nummern eine Minute vier Pesos kostet – also, fast fünf Minuten sind schon mal draufgegangen, bis das Band abgelaufen war, auf dem sie dir alles erklärt, deine Angaben aufgenommen und die Nummer vergeben haben, also ungefähr zwanzig Pesos pro Anruf, mal

fünfzigtausend – da haben sie ganz schön Kohle gescheffelt.«

»Und das hat alles Sabrina Love verdient?«, fragte Daniel.

»Nein, das geht an die Produzenten der Show. Vielleicht kriegst du raus, wie viel sie ihr geben.«

Gagliardi fuhr schnell, wechselte auf die Gegenspur, um ein paar Lastwagen zu überholen, und kehrte wieder auf die rechte Seite zurück, als sich der entgegenkommende Wagen näherte und ihm Lichthupe gab. Daniel war übel.

»Und wie alt bist du?«

»Achtzehn.«

»Noch ein Grünschnabel. Wie ist es überhaupt gegangen? Du hast angerufen, und sie haben dir gesagt, wo und wann es stattfindet?«

»Ja. Ich habe meinen Namen angegeben, und sie wollten erst gar nicht glauben, dass ich der Gewinner bin. Danach haben sie mir die Uhrzeit gesagt, den Tag und die Zimmernummer.«

»Und wann ist es?«

»Heute Abend um elf Uhr.«

»Heute?«

Angesichts dieser überraschenden Mitteilung schien es Gagliardi noch eiliger zu haben. Daniel wollte sich den Sicherheitsgurt nicht anlegen, aus Angst, den Mann zu beleidigen. Also klammerte er sich bei den riskantesten Fahrmanövern am Türgriff fest.

»Keine Angst, seit fünfzehn Jahren fahre ich diese Strecke einmal die Woche.«

Daniel sah die Welt an sich vorüberrasen. Wieder hatte sich

die Geschwindigkeit drastisch verändert, vom minimalen Pfad der Ameisen bis zu den Kilometern, die wie ein schwarzes Band unter seinen Füßen vorbeisausten. Auf dem Rücksitz schüttelte sich der Hund jaulend, als würde er nicht verstehen, welche unsichtbare Hand ihn bei den scharfen Bremsungen in den Kurven und beim Beschleunigen hin und her stieß.

»Die Weiber sind das Beste, was einem passieren kann. Was hat man denn schon im Leben außer den Weibern? Die Kohle, gut, die Kinder, ja, aber wenn sie groß sind, leben sie ihr eigenes Leben – und was bleibt einem? Die Weiber. Vögeln kann man, bis man alt ist, die Sache mit der Impotenz ist relativ, bei mir zumindest, wenn du deinen Schwanz benützt, dann funktioniert er auch, so sieht's aus.«

Es wurde Abend. Von weitem konnte Daniel die Lichter einer riesigen Brücke erkennen. Das musste Zárate sein.

»Ich habe schon früh damit angefangen«, fuhr Gagliardi fort. »In deinem Alter hatte ich eine Freundin, die den gleichen Körper wie Betty Page hatte, das war eine unglaubliche Puppe – eine der ersten, von der es damals Nacktfotos in den Zeitschriften gegeben hat. Meine Freundin war dunkelhäutig und potthässlich, hatte aber einen Rücken wie Betty Page, außerdem trug sie ihre Haare genauso. Sie hat überhaupt nicht verstanden, warum wir es ständig von hinten trieben. Weißt du, ich habe mir immer vorgestellt, ich hätte Betty Page nackt vor mir, es war, als würde ich ihr Gesicht absetzen und das aufsetzen, das mir gefiel, denn von hinten sahen die beiden genau gleich aus, und das hat sich alles in meiner Fantasie abgespielt, verstehst du, aber es hat nur funktioniert, wenn sie sich nicht umgedreht hat, klar, deswegen habe ich ihr gesagt, sie soll nach vorne schauen, stell dir vor, wenn sie mich angesehen hätte, wäre alles vorbei gewesen. Wir haben immer in leeren Appartements gevögelt; ein Freund von mir hat in einem Maklerbüro gearbeitet, und ich habe mir einen Zweitschlüssel von den Wohnungen anfertigen lassen, die er verwaltet hat. Jedes Mal, wenn mein Freund einem Kunden eine Wohnung gezeigt hat, hat er zweimal lange und einmal kurz geklingelt, das war das Zeichen für mich, falls ich da war. Bis er in die Wohnung kam, hatten wir genug Zeit, um uns im Wandschrank zu verstecken. Stell dir vor, ein paar Mal haben wir im Dunkeln des Schrankes weitergevögelt, obwohl wir fast keine Luft mehr gekriegt haben. Manchmal musste ich die Tür von innen festmachen, wenn die Leute den Wandschrank öffnen wollten, um die Schubladen und so anzuschauen.«

Von weitem sah man am Horizont einige Blitze. Sie kamen an einem Polizeiposten vorbei, weswegen Gagliardi etwas langsamer fuhr. Der Hund kletterte nach vorne und setzte sich zwischen die beiden wie ein weiterer Fahrgast.

»Er weiß genau, dass er nach der Polizeistation nach vorne kommen darf. Nach der Brücke darfst du ans Steuer, Sombra. In Ordnung?«, fragte der Mann und streichelte lachend den Hund. Sie kamen auf Sabrina Love zurück.

»Dieses Weib ist eine Göttin, die sieht von allen Seiten klasse aus, mit der würd' ich's in allen Stellungen treiben. Du musst sie unbedingt fragen, ob sie dir einen bläst. Wie ich dich beneide, mein Junge, wie ich dich beneide!«

Daniel lachte.

»Das Schlimme an den Weibern ist, dass du verloren bist, wenn sie dir erst mal den Kopf verdreht haben. Ich hab dieses Laster von meinem Alten geerbt, der hat sich die ganze Zeit mit Weibern rumgetrieben; er hat eine Weile in Brasilien und dann in Argentinien gelebt. Als er mit sechzig an Krebs gestorben ist, ist der Padre vorbeigekommen, um ihm die letzte Ölung zu geben, und mein Vater ihn gebeten, beichten zu dürfen. Er hat zu ihm gesagt: ›Padre, ich habe mit vielen schwarzen Frauen und auch mit vielen weißen Frauen geschlafen.‹ Darauf der Padre: ›Und du bedauerst das nun, mein Sohn?‹ Und mein Vater: ›Mehr oder weniger. Aber wirklich bedauere ich, dass ich es nie mit einer Rothaarigen getrieben habe.‹ Das hat er gesagt. Mein Onkel hat mir das bei meiner Hochzeit erzählt. Das Komische ist, dass ich eine Rothaarige geheiratet habe, ohne die Geschichte zu kennen.«
Nach dem Rondell von Zárate kam der Verkehr plötzlich ins Stocken.
»Was zum Teufel ist denn hier los?«
Nichts ging mehr weiter. Vor ihnen stieg schwarzer Rauch auf, den der Wind seitlich an ihnen vorbeitrieb. Überall standen Lastwagen und Polizeiautos herum.
»Schauen wir mal, was da los ist«, sagte Gagliardi.
Sie stiegen aus und liefen bis zu einer Stelle, wo einige Polizisten sich auf ihren Einsatz vorbereiteten, Schutzanzüge anzogen und Helme aufsetzen. Sie waren schwer bewaffnet und griffen nach Gummiknüppeln. Weiter hinten konnte man verdeckt durch einige Baumstämme und Reifen, die auf dem Asphalt brannten, eine Menschenmenge erkennen: Frauen, Männer mit Stöcken in der Hand und Jugendliche

mit nacktem Oberkörper, die ihre Gesichter mit Tüchern und T-Shirts bedeckt hatten.

»Was ist denn hier los?«, fragte Gagliardi einen Polizisten.

»Das sind Leute aus Zárate. Sie haben die Straße gesperrt und müssen jetzt wieder auseinander getrieben werden.«

»Weshalb protestieren sie?«

»Das fällt nicht in den Zuständigkeitsbereich der Polizei.«

Die Demonstranten begannen, von der Barrikade aus auf jedes denkbare Ziel Steine zu werfen. Sie trafen auf den Boden, die Polizeiwagen und die Schilder der Polizisten. Gagliardi packte Daniel am Arm und zog ihn zum Auto. Wütend stieg er ein.

»Scheißkerle. Schlagen mit Stöcken aufeinander ein. Sollen sie doch verrecken. Einige sind sicher Brüder, und sie kämpfen hier mit Steinen und Wurfgeschossen gegeneinander. Am Sonntag treffen sie sich dann bei ihrer Mama zum Ravioli-Essen, streiten ein bisschen und zeigen sich ihre blauen Flecken. Danach bittet ihre Mama sie, sich zu versöhnen, und alles ist wieder paletti.«

Gagliardi drehte um.

»Dann müssen wir eben über Campana fahren. Aber keine Sorge, mein Junge, du kommst rechtzeitig zu deinem Treffen.«

Er überholte weiter und fuhr ungeduldig an den anderen Autos vorbei.

»Hier geht's zu wie beim Fußball, wie im Wilden Westen. Angeblich hat der Argentinier Freunde, weil er nicht gerne allein ist. Totaler Quatsch, der Argentinier braucht die anderen nur zum Streiten. Hörst du mir überhaupt zu?«

»Ja«, antwortete Daniel.
»Und warum zum Teufel schaust du dann die ganze Zeit zur Seite?«
»Ich schaue mir die Gegend an. Ich bin hier noch nie gewesen.«
Die Straße verlief parallel zu einem Weg am Rande eines Dorfes vorbei, dessen Häuser sehr niedrig gebaut waren. Die Autoschlange bewegte sich vorwärts und stoppte dann wieder. Es war bereits dunkel. Gagliardi hatte langsam die Nase voll und fuhr auf den ungeteerten Weg. Einige andere Autofahrer taten es ihm gleich, und in dem gelblichen Staub, der sich nun erhob, waren nur noch die Scheinwerfer der Autos zu erkennen. Der Sturm wirbelte trockenes Laub und Papier auf. Es roch säuerlich nach verbranntem Müll. Daniel sah einen riesigen Schatten mit einem Scheinwerfer näher kommen. Es war ein Zug, der im Dunst des Staubes geradezu gespenstisch wirkte.
Sie kurbelten die Fenster hoch, damit der Gestank nicht ins Wageninnere drang. Plötzlich bremste Gagliardi scharf. Um ein Haar hätte er eine Frau überfahren. Sie war umringt von einer Schar Kinder, die Taschen trugen und durch den aufgewirbelten Staub nichts sehen konnten. Gagliardi hupte, bis sie sich bewegten und er vorbeifahren konnte.
»Dieses Land geht seinem Untergang entgegen, mein Junge, es taugt zu nichts mehr; man müsste es ausradieren und noch mal ganz von vorne anfangen.«

9

Auf der Autobahn erklärte Gagliardi Daniel, dass er an der Ausfahrt nach Thames abbiegen und ihn an der Bushaltestelle absetzen würde.

»Hast du Geld dabei?«

»Nein«, antwortete Daniel beschämt.

»Mach dir keine Gedanken, wir kriegen dein Treffen mit Sabrina Love schon hin.«

Als Gagliardi die Autobahngebühr mit fünf Pesos bezahlte, gab er Daniel das Wechselgeld.

»Damit müsstest du bis Buenos Aires hinkommen«, meinte er, »du nimmst den 60er Bus und bittest den Fahrer, dass er dir sagt, wenn ihr in die Calle Azcuénaga kommt, damit du weißt, wo du aussteigen musst.«

Die ersten Tropfen fielen. Gagliardi hielt an der Kreuzung an, wo er abbiegen musste, zeigte Daniel die Haltestelle, und wünschte ihm viel Glück. Der Junge bedankte sich, verabschiedete sich auch von dem Hund und stieg aus. Es war neun Uhr abends. Er lief zum Wartehäuschen. Niemand wartete mehr auf den Bus. Der Ort war ebenfalls in das grünliche Licht der Autobahn getaucht. Die Autos zischten vorbei. Wieder mal auf der Straße, dachte Daniel. Er blickte in die Ferne, und da kein Bus zu sehen war, setzte er sich. Um die Zementinsel herum hatte der Wind dreckigen Sand mit kleinen Scherben von Windschutzscheiben und Scheinwerfern, Plastiktüten, Resten von Reifen und Stoßstangen, platt gefahrenen Dosen und Kartons angehäuft. Das alles bildete den Schlick, den die Gezeiten des Verkehrs zurückgelassen hatten, eine Arena, nicht aus Stein, sondern aus Sand; ein Sediment, gebildet aus den Resten der Autounfälle, die sich hier ereignet und vermischt hatten. Daniel hatte das Gefühl, dass auch seine Eltern in gewisser Weise einen Teil davon bildeten.

Es goss in Strömen, und der Regen begann ihm die Schuhe zu durchnässen. Vom Bus war noch immer weit und breit nichts zu sehen. Daniel musste aufpassen, dass er nicht noch nasser wurde, denn das Bushäuschen bestand nur aus einem Dach und Seitenwänden und der Wind brachte das Wasser von der Küste mit sich. Er griff nach der Tasche, die ihm der Alte vom Boot gegeben hatte, und steckte seine Sachen hinein, um sie vor der Feuchtigkeit zu schützen.

Als er sah, dass sich der 60er näherte, war er schon völlig durchweicht. Er hob den Arm mit ausgestreckter Hand, und die Tatsache, dass auf diese Geste hin ein so großer und voll mit Menschen beladener Bus anhielt, erfüllte ihn mit Stolz. Die Fahrt dauerte fast eine Stunde, kam ihm aber sehr viel länger vor, weil er stehen musste und kein Platz frei wurde. Er zitterte vor Kälte in seiner feuchten Kleidung, war ängstlich und etwas fiebrig. Schließlich näherte er sich immer mehr einer Stadt, die ihm unendlich groß erschien, und dem Treffen mit Sabrina Love, das er immer wieder und in den unterschiedlichsten Variationen durchspielte, während er die dunklen und fremden Straßen vorüberziehen sah und immer mehr Menschen lärmend den Bus bestiegen, um die Samstagnacht im Zentrum zu verbringen. Er stellte sich vor, dass Sabrina ihn erst gar nicht in die Suite lassen und das Treffen absagen würde, weil er noch so jung war; er stellte sich vor, dass er Sabrina völlig erledigt, mit einem seligen Lächeln auf den Lippen zurücklassen würde, dass man ihn bei seiner Ankunft filmen würde, ihm nicht abnehmen würde, dass er der Gewinner sei, dass er Sabrina umarmen würde, ratlos, was er als Nächstes tun sollte. Hin und wieder erkundigte er sich bei den anderen Fahrgästen, ob es noch weit bis zur Calle Azcuénaga sei, und man antwortete ihm, es sei noch ein ganzes Stück. Für ihn war dies die einzige Straße, die einen Namen hatte, der Rest kam ihm vor wie ein verschwommenes Labyrinth aus Neonlichtern, die er durch die verregneten Fenster sah. Im Stadtviertel Belgrano wollten einige Leute ins Kino, danach war der Bus etwas leerer und bog in eine enge Straße namens Luis Maria Campos ab, die unendlich lang zu sein schien; etwas weiter vorne bekreuzigten sich einige Fahrgäste gleichzeitig, als sie an der Kirche von San Agustín vorbeifuhren. Daniel hatte Angst. Nachdem er einen Sitzplatz ergattert hatte, fragte er noch einmal nach. Bei der nächsten Haltestelle musste er aussteigen.

Es war halb elf, und es regnete fast nicht mehr. An der Ecke erblickte er das Straßenschild, auf dem »Azcuénaga« stand, und lief in Richtung 2000, wo sie sich mit der Avenida Las Heras kreuzte. Auf der einen Straßenseite erblickte er die riesige Mauer des Friedhofs von Recoleta. Er ging an der Musik und den Gästen einer Bar vorbei und kam schließlich zu einer Tür mit der Aufschrift »Keops Stundenhotel«. Neben der Garageneinfahrt stand ein beleuchteter Springbrunnen. Angespannt betrat er das Gebäude, biss die Zähne aufeinander und musste sich zum Handeln zwingen, ohne das Motiv zu kennen, denn sein Verlangen hatte sich vermischt mit einer dunklen Angst, die ihm in den Gliedern steckte.

Der Pförtner blickte ihn aus seinem düsteren Fenster aus misstrauisch an: »Was suchst du, Junge?«

»Ich bin der Gewinner der Verlosung mit Sabrina Love.«

Der Mann ließ sich seinen Ausweis zeigen, überprüfte etwas, das er auf einem Papier vermerkt hatte, und führte ein internes Telefonat.

»Jemand von der Redaktion kommt gleich runter.«

An den gepolsterten Wänden der Flure waren große Spiegel angebracht. Daniel meinte aus den Augenwinkeln jemanden gesehen zu haben. Er drehte sich um und erblickte sein Spiegelbild, schmutzig vom Dreck der Reise, mit dem seit zwei Tagen unrasierten, müden und verzagten Gesicht, den feuchten Haaren und einem Wassertropfen, der ihm von der Nase herabglitt, feuchter Kleidung, und einer Plastiktüte unter dem Arm. Schnell versuchte er, sich noch etwas zurechtzumachen, legte die Tasche beiseite, kämmte sich die Haare nach hinten und zog die Jeansjacke aus. Das T-Shirt klebte dampfend an seinem Körper.

Ein gedrungener Mann mit Bürstenhaarschnitt und senffarbenem Anzug mit hochgekrempelten Ärmeln erschien.

»Wo kommst du denn her, Kumpel?«, fragte er Daniel und

gab ihm einen Klaps auf die Wange. »Was ist denn mit dir passiert? Hat dich der Regen erwischt?«

»Ja, kann ich vielleicht irgendwo duschen, bevor ich Sabrina sehe? Ich bin gerade angekommen und ...«

»Wir haben da ein kleines Problem. Kannst du am Montag noch mal kommen, weil – ich erkläre es dir, wir sind heute mit allem etwas spät dran, Sabrina dreht noch.«

»Und morgen hat sie keine Zeit?«

»Nein, am Sonntag nicht, sie ist sehr religiös.«

»Es ist nur so, dass ich von weit herkomme ...«

»Ja eben! Deswegen ist es für dich am Montag auch auf jeden Fall besser. Alles bleibt beim Alten, gleiche Suite um elf. Du richtest dich vorher schön her, nicht wahr, schließlich ist Sabrina eine Königin. Bring ihr ein paar Blumen oder so mit.«

Der Mann brachte ihn zur Tür.

Daniel irrte völlig verloren durch die Straßen und setzte sich schließlich auf eine Bank, ohne sich darum zu kümmern, dass sie völlig durchnässt war. Es hatte inzwischen zu regnen aufgehört. Warum hatte er sich so leicht wieder vor die Tür setzen lassen? Nun blieb ihm nichts anderes übrig, als bis Montag zu warten, außerdem hatte er nicht damit gerechnet, dass er sich so spät noch eine Unterkunft würde suchen müssen. Als er seine Jacke anzog, merkte er, dass er Sand in den Taschen hatte, und erinnerte sich an den Lastwagen, der ihn an diesem Morgen mitgenommen hatte, an Aldo, der halb begraben gewesen war. Ihm fiel das Essen mit den Bauarbeitern ein. Er hatte Hunger. Er zog die Adresse des Freundes seines Bruders hervor, die bereits etwas verwischt, aber noch leserlich war. Ein paar Münzen für den Bus hatte er noch. Als er in die Avenida Las Heras zurücklief, fragte er in einem Kiosk nach dem Weg, und man sagte ihm, er müsse den 37er nehmen und vor der Kreuzung zur Calle San Juan aussteigen.

In weniger als einer halben Stunde, nach einer Fahrt in einem halb leeren Bus und nachdem er einige Straßen entlanggelaufen war, stand er vor der Glastür eines Mietshauses in der Calle Entre Rios 900. Er klingelte, und über die Sprechanlage sagte eine Männerstimme: »Ich komme runter.« Daniel wartete. Bald darauf kamen lachend drei verkleidete Personen auf ihn zu: ein Löwe, ein Hawaiianer und ein Taucher, der eine Frau zu sein schien. Sie klingelten mehrere Male, weil zunächst niemand antwortete, bis eine Stimme sagte: »Sie kommen gerade runter.« Das Licht in der Eingangshalle ging an, und aus dem Fahrstuhl traten zwei junge Männer in Sado-Maso-Lederkostümen, einer krabbelte auf allen vieren auf die Tür zu. An seinem Halsband war eine Kette befestigt, die der andere in der Hand hielt. Die Verkleideten, die draußen standen, brachen in schallendes Gelächter aus. Der SM-Typ, der wie ein besessenes Raubtier kroch, hatte einen Maulkorb umgelegt und einen roten Knebel im Mund. Plötzlich erblickte er Daniel, der ein wenig abseits stand, und erstarrte. Sein Gesicht nahm einen ernsten, unbehaglichen Ausdruck an, und er hörte augenblicklich mit seinem Komödiantentum auf. Er ließ sich von seinem Herrchen die Kette abmachen und gab ihm mit ungeduldigen Gesten zu verstehen, dass er ihm den Maulkorb abnehmen solle. Dann öffnete er die Tür und begrüßte die Verkleideten mit einem erzwungenen Lächeln.

»Geht schon mal hoch, ich komme gleich nach«, sagte er und wartete, bis sie verschwunden waren, um mit Daniel zu sprechen.

»Mensch, was treibst du denn hier?«

»Ich wollte wissen, ob ich eine Nacht hier schlafen kann. Ich bin gerade angekommen und …«

»Hättest du nicht vorher Bescheid sagen können?«

»Du hast kein Telefon.«

»Du platzt gerade mitten in ein Fest. Ein Kostümfest. Das hier ist nämlich ein Kostüm«, sagte er und griff an seine Lederweste.

»Ist schon gut. Es sind nur ein paar Nächte, Ramiro, danach hau ich wieder ab.«

»Du kannst nicht bleiben, sorry, aber …«

»Kannst du mir dann die hundert Pesos geben, die du mir für den Motorroller schuldest? Ich brauche dringend Geld«, antwortete Daniel.

»Jetzt fährst du sicher nach Curuguazú zurück und erzählst dort Gott und der Welt, dass ich hier in dieser Ledermontur und einem Maulkorb auf allen vieren über den Boden krieche.«

»Wenn du es nicht willst, sage ich kein Wort, aber gib mir bitte die hundert Pesos.«

»Erpresst du mich etwa?«, fragte Ramiro nervös.

»Nein«, antwortete Daniel, »warum sollte ich dich erpressen?«

»Weil du nach Curuguazú zurückkehren und dort erzählen wirst, dass ich mich so anziehe.«

»Und was ist an deinen Klamotten so schlecht? Hast du mir nicht gesagt, dass es ein Kostüm ist?«

»Ja, aber bei mir zu Hause werden sie sich wahrscheinlich alles Mögliche zusammenreimen.«

»Okay, ich sage kein Sterbenswort und fertig. Mich interessiert nur, ob du mir die hundert Pesos geben kannst.«

»Siehst du? Du erpresst mich.«

»Ist mir auch recht, wenn du willst, dann erpresse ich dich eben, gib mir das Geld, und ich halte den Mund.«

Ramiro war unschlüssig, ließ Daniel dann aber doch ins Haus. Sie betraten den Aufzug. Mit einem Knall schloss er die Aufzugstür, drückte den Knopf für das fünfzehnte Stockwerk und begann: »Ich lebe mit einem Mann zusammen, weißt du, ich sage dir das …«

»Na und?«

»Was ich meine, ist, dass ich mit einem Mann ausgehe.«

»Ausgehen – wohin?«

»Nirgendwohin, Daniel«, antwortete Ramiro, der versuchte sich zusammenzureißen. »Ich bin mit einem Mann zusammen, mir gefallen Männer, ich bin schwul.«

Daniel wusste nicht, was er sagen sollte, und blickte auf das Klingelbrett.

»Das letzte Mal bin ich vor elf Jahren in einem Aufzug gefahren, in einem Hotel in Paraná.«

»Daniel, wenn du auch nur ein Wort in Curuguazú sagst und meine Alten etwas davon erfahren, machst du mir das Leben zur Hölle, das wär der absolute Schock für sie.«

»Keine Sorge«, versprach Daniel. »Ich sag nichts.«
»Auch nicht deinem Bruder.«
»Ist gut«, sagte Daniel, und durch die Rauten in der Fahrstuhltür sah er nacheinander die einzelnen Etagen vorbeiziehen, als ob die Zeit stehen geblieben wäre und sich das Bild eines einzigen Augenblicks ständig aufs Neue wiederholen würde.

10

Sie betraten ein Appartement, in dem sich lautstark eine verkleidete Menschenmenge tummelte. Es gab Hexen, Zigeunerinnen, Schiffbrüchige, Araber, Nonnen, Toreros, einige Gäste mit undefinierbarer Kostümierung, Cäsaren, Witwen, Katzenfrauen und Bären. Daniel stellte seine Sachen in einer Ecke ab und beobachtete angespannt und verblüfft das bunte Treiben, ohne zu wissen, was er mit seinen Händen tun sollte.

Ramiro sagte zu ihm: »Ich hab jetzt kein Geld hier, aber morgen stell ich dir einen Scheck aus, den kannst du dann am Montag einlösen. Wenn du hier übernachten willst, kein Problem. Und misch dich unters Volk – es sind Freunde von der Uni und aus der Theatergruppe da, manche habe ich beim Tanzen kennen gelernt … Viele kennen sich noch nicht, du brauchst also keine Hemmungen zu haben.«

»Okay.«

»Daniel, in Curuguazú erzählst du, dass ich hier wie ein Verrückter studiere, okay?«

Ein Araber, eine Witwe und ein Hawaiianer näherten sich, um Daniel mitzuteilen, dass er so unmaskiert nicht am Fest teilnehmen könne und sich irgendwie verkleiden müsse.

Der Junge weigerte sich hartnäckig, aber sie zogen ihn durch den Tumult und den Marihuana-Dunst in der Küche in ein leeres Zimmer. Dort stöberten sie in ein paar Schränken, und im Handumdrehen hatten sie ihn mit einem Sombrero aus Stroh, einem alten Hemd, das sie in der Taille verknoteten, Hosen, die ab den Knien aus Fransen bestanden und einem Paar Sandalen angeblich als Vogelscheuche verkleidet, obwohl er fand, er sehe eher aus wie ein Statist im Fernsehen, der versucht, als Karibikbewohner durchzugehen. Daniel musste schmunzeln. In die Hemdsärmel steckten sie ihm einen Besenstiel, damit er die Arme seitlich ausgestreckt hielt und in dieser Position ließen sie ihn auf dem Flur stehen, bis er den Stock herausnahm, damit er ungehindert laufen konnte. Wieder im Wohnzimmer fühlte er sich noch eingeschüchterter als vorher und wollte erst gar nicht wissen, ob die anderen ihn ansahen oder nicht. Er ging zu einem Tisch, auf dem Bier und Schinken zum Sandwichbelegen standen. Er sah zu, wie die Leute tanzten, auf dem Boden saßen, auf den Balkon hinausgingen oder von draußen zurückkamen. Ein Enthaupteter, der seinen Kopf am Haarbüschel gepackt in der Hand spazieren trug, begrüßte Daniel und begann, sich Brot und Schinken durch eine Öffnung in der Brust zu schieben. Danach erschien eine Eva im Bikini, deren Höschen ein Feigenblatt zierte und deren Brüste von den langen Haaren einer blonden Perücke strategisch geschickt verdeckt wurden. Sie sah Daniel an, und Daniel sah sie an, ohne vermeiden zu können, dass sein Blick hin und wieder zu ihren runden Hüften wanderte.

»Barkeeper, reichst du mir bitte ein Bier?«

»Warum ›Barkeeper‹?«, fragte Daniel und gab ihr die Flasche.
»Ich dachte, du wärst der Barkeeper, weil du dich nicht vom Tisch wegbewegst … Als was bist du denn verkleidet?«
»Ich bin mir nicht sicher, man hat sich eine Verkleidung für mich ausgedacht, um mich zu verschönern. Schade, dass sie mir nicht was angezogen haben, das auch mein Gesicht verdeckt.«
»So manche Verkleidung verdeckt nicht, sondern offenbart«, antwortete sie, »offenbart, was jemand ist oder wofür er sich hält, was zu sein er Angst hat oder was er gerne wäre, sich aber nicht traut zu sein.«
»Das alles?«
»Ja«, erwiderte sie.
»Auch wenn andere dich verkleiden?«
»Ja. Als was, glaubst du, haben sie dich verkleidet?«
»Als Dummkopf aus der Provinz.«
Beide lachten. Dann fuhr sie mit ihrer Theorie fort: »Möglicherweise bist du dir so vorgekommen, als sie dich verkleidet haben, und irgendwie hast du dieses Kostüm provoziert. Woher kommst du?«
Daniel erzählte ihr, dass er aus Curuguazú sei. Sie unterhielten sich eine Weile. Dabei berichtete er, dass er per Autostopp gereist und gerade erst angekommen sei und dass, obwohl er mal als kleiner Junge mit seinen Eltern nach Buenos Aires gefahren war, es ihm vorkomme, als sei dies das erste Mal, weil er sich an nichts mehr erinnern könne. Sie hörte aufmerksam zu, nickte bestätigend, biss sich mitfühlend auf die Lippen und verscheuchte alle Männer, die sich dem Tisch näherten, mit einem frechen Spruch. Ein Cäsar mit Halbglat-

ze sagte zu ihr: »Eva, soll ich mir die Toga ausziehen und mich in Adam verwandeln, damit wir gemeinsam den Sündenfall begehen?«
»Nein, mein Lieber, das kannst du dir abschminken. Wenn Adam so ausgesehen hätte wie du, wären wir heute noch im Paradies.«
Sie hieß Sofía. Sie war in Lincoln, in der Nähe von Buenos Aires, geboren. Sie erzählte Daniel, dass sie gerade mit ihrem Soziologiestudium begonnen hatte und am darauf folgenden Tag, also am Sonntag, mit einigen Kommilitoninnen auf den Jahrmarkt von Recoleta gehen wolle, um Feldstudien zu betreiben. Sie fragte, ob er Lust habe, mitzukommen.
»Wir treffen uns um vier, gegenüber der Iglesia del Pilar.«
Daniel nahm die Einladung an, wenn auch ein wenig beunruhigt. Er dachte, er würde schon herausfinden, wie man zu dieser Kirche kam, ohne zu wissen, dass er sich an diesem Abend nur ein paar Straßen von diesem Platz entfernt befunden hatte.
Eva ging tanzen. Daniel trank weiter Bier und konnte kaum fassen, dass dieses Gespräch überhaupt stattgefunden hatte. Er war so zufrieden, dass er fast seine Kostümierung als Vogelscheuche vergessen hätte.
Er ging in die Küche, um sich Nachschub zu holen, und tauchte erneut ein in den süßen und schweren Dunst des Marihuanas. Er hörte, wie die Gäste in der Küche davon sprachen, dass es nun bald Zeit sei für das Orakel von Chalón, und zu einem Typ mit Schnauzbart und langen schwarzen Haaren hinübersahen, der seinen Oberkörper bereits aus dem Bärenkostüm befreit hatte, auf einem kleinen Ho-

cker saß und mit geschlossenen Augen einen prallen Joint rauchte. Auf seiner nackten Brust prangte ein rundes Tattoo. Als er mit dem Oberkörper hin und her zu schwingen und leise vor sich hinzumurmeln begann, scharten sich alle um ihn. Jemand fragte ihn: »Können wir das Orakel schon befragen?«

Er nickte kaum merklich, und zog tief an seinem Joint.

Die junge Frau, die als Taucherin verkleidet war, stellte sich vor ihn hin, öffnete den Reißverschluss ihres Neoprenanzuges ein Stück, und er legte das Ohr an ihr Herz. In dieser Position verharrte er eine Weile, danach verkündete er im Stil eines chinesischen Sprichworts: »Hab keine Angst vor dem Krebs, sondern vor dem Haifisch«, und schloss mit einem Satz, der wie der Anfang eines Märchens klang: »Tief auf dem Grund des Meeres liegen riesige Schätze.«

Ein König flüsterte Daniel zu: »Diesen Quatsch hat er letztes Jahr auch schon gemacht, dabei aber den Mädchen nur die Hand auf die Stirn gelegt. Ich habe ihm die neue Variante vorgeschlagen.«

Die nächste Kandidatin, als ABBA-Sängerin verkleidet, kam nach vorne und öffnete einige Knöpfe ihrer türkisfarbenen Bluse. Der Geisterbeschwörer machte es sich auf ihrer Brust bequem, als wolle er dort ein Nickerchen halten, lauschte eine Weile und flüsterte, ohne sich von der Stelle zu bewegen: »Dein Herz sagt, dass der Blitz heute Nacht einschlagen wird. Du wirst bald keine Jungfrau mehr sein.«

Das Mädchen entfernte sich lächelnd mit der Bemerkung: »Dieses Orakel ist ziemlich spät dran.«

Unter lautem Gejohle wurden die Joints weitergereicht. Daniel machte mehrere Züge. Eine Frau nach der anderen ging zum Orakel und bekam Sätze zu hören, die wie eine Mischung aus Orakelsprüchen und den Prophezeiungen aus den Zeitungshoroskopen klangen. »Ein gutes Jahr für die Früchte des Meeres«, erklärte er einer Sirene. Zu der Katzenfrau sagte er: »Das Gleichgewicht ist der Stolz der Katze.« Zur Nonne: »Gott wartet nicht auf dich.« Aber am meisten Zeit benötigte er bei einer Zigeunerin, die geradewegs ihre Bluse hochhob und den Kopf des Wahrsagers darunter steckte. Als der schließlich nach Atem ringend wieder auftauchte, verkündete er: »Das Parfüm des Lebens bahnt sich seinen Weg. Leg dir ein neues Deo zu.«

Den Männern, die nun an die Reihe kamen, erklärte der Wahrsager, dass sie sich ihr Hemd nicht aufknöpfen müssten, weil der männliche Herzschlag viel stärker und auch durch den Stoff hindurch gut zu hören sei. Zu Cäsar sagte er: »Dein Herz träumt vom Messer«, zum Schiffbrüchigen: »Deine Ziege wird die Mutter deiner Kinder sein«. Als Daniel an die Reihe kam, horchte der Weissager kurz seinen Herzschlag ab, öffnete seine Schlitzaugen kaum merklich und verkündete: »Gebt diesem Pferd endlich zu trinken.«

Nach dem Orakel von Chalón kamen zu den Joints noch einige Runden Tequila dazu, und Daniel musste sich mittlerweile länger auf einzelne Gegenstände konzentrieren, befand sich mitunter weit entfernt von allem, nahm zeitweise die laute Realität des Festes durchaus noch wahr, wurde dann aber von einem Moment auf den anderen hinabgezogen in die Abgeschiedenheit unklaren Gewässers. Die Schnelligkeit, mit der sich die nebulösen Gedanken in seinem Kopf jagten, ließ ihn schwindeln. Er kam und ging zum Fest, absorbiert vom Sog seiner eigenen Gedanken, lief durch die Wohnung, unterhielt sich mit den Leuten, versuchte sich die Gedanken zu erklären, die sich in seinem Kopf bildeten und die ihm, kaum dass er versucht hatte, sie zu verstehen, schon wieder entglitten, ohne dass er hätte sagen können, wo all dies seinen Anfang genommen hatte. Als zu vorgerückter Stunde ein Pärchen mit zerzaustem Haar und verrutschter Kleidung erschien, das den Anschein erweckte, als hätten sie gerade miteinander geschlafen, dachte Daniel, wenn es sich beim Menschen wie bei den Hunden verhielte, die nach dem Geschlechtsakt eine Weile miteinander verschmolzen blieben, dann wäre auch dieses Paar so verschmolzen miteinander angekommen, als würde es gerade Tango tanzen. Dieser Zustand wäre völlig normal, und der Gastgeber würde ihnen die Tür öffnen und sagen: »Wie lieb von euch, ihr seid trotzdem gekommen.« Und das miteinander verschmolzene Pärchen würde über das Fest laufen, als würde es tanzen, nicht etwa um seinen Zustand zu verbergen, sondern aus Notwendigkeit. Es gäbe eigens für solche Momente auch spezielle Kleidung, eine Art Overall für siamesische Zwillinge. Man konnte natürlich auch rücklings miteinander verschmelzen, und so würde das Pärchen dann in dieser Stellung zur Party kommen, und die Señoras würden hinter vorgehaltener Hand tuscheln: »Zu meiner Zeit wäre man in dieser Stellung nicht zu Festen gegangen.« Oder: »Das ist doch wirklich unglaublich.« Für den Fall, dass einer der beiden bei dem Fest nicht eingeladen war, gab es eine Aufsichtsperson, die diese Paare kontrollierte und dafür sorgte, dass die nicht eingeladene Hälfte sich nicht ungebührlich lange auf dem Fest aufhielt. Die Aufsicht würde sich mit folgendem Satz an die Paare wenden: »Ihr kennt die Regel, sobald ihr euch voneinander löst, muss derjenige ohne Einladung gehen.« Daniel wollte all dies einem Piraten erklären, der sich in völlig anderen Sphären zu befinden schien, konnte aber den Kern der Idee nicht mehr ausmachen. Und so schweiften seine Gedanken erneut ab, und neue Ideen ersetzten die alten – so wie auch die Landschaft an diesem Morgen auf der Strecke, die er zurückgelegt hatte, sich ständig geändert hatte.

In dem Durcheinander von Tieren und Personen tanzte er zu einigen Liedern, die ihm gefielen, bis er sein Spiegelbild in der Fensterscheibe erblickte, feststellte, wie ungelenk er sich mit einem leeren Glas in der Hand bewegte, und sich schämte. Er ging auf den Balkon hinaus, und als er vom fünfzehnten Stock hinunter auf die Spielzeugautos starrte, die dort unten vorbeifuhren, überkam ihn ein heftiger Schwindelanfall. Noch nie hatte er sich auf einem so hohen Gebäude befunden. Er suchte nach Eva (er erinnerte sich nicht mehr an ihren Namen) und öffnete ruckartig irgendwelche Türen: In einem Zimmer entdeckte er einen Löwen, der gerade dabei war, die Brüste einer Sirene zu verschlingen, in einem anderen saß Supermann auf dem Klo, im nächsten schlief ein Araber, dann wieder hörte er Geräusche, öffnete eine Tür, schaltete das Licht an und überraschte eine Polizistin, die schon keine Mütze mehr auf dem Kopf hatte, die gerade eine Zivilistin zu sich hinabzog. Er ging in die Küche, wo nun Mate-Tee in der Runde herumgereicht wurde. Dort begegnete er

Ramiro und fragte ihn nach Eva. Dieser sagte ihm, sie sei bereits gegangen.
Langsam hatte er genug von den Maskierungen und dem Gelächter. Plötzlich musste er sich setzen. Er lehnte sich mit dem Nacken an die Wand. Er spürte sozusagen eine geografische Erschöpfung: In Sekundenschnelle sah er noch einmal alle Kilometer, die er in den letzten Tagen zurückgelegt hatte, an sich vorbeiziehen. Er schloss die Augen. Nun befand er sich wieder auf dem Boot, noch nichts war geschehen, er hatte noch die ganze Strecke vor sich. Er versuchte sich aufzurichten. In dem Tumult schien er plötzlich den kurz geschorenen Soldaten zu sehen und spürte, wie schlagartig Angst in ihm aufstieg. Der Mann hatte Blut auf der Stirn und blickte ihn ruhig an, während er ihm mit ausgestreckter Hand, inmitten der tanzenden Gäste, ein Taschenmesser entgegenstreckte; doch dann verschwand er wieder, verdeckt von der wogenden Menge. Daniel spürte, dass ihn jemand schüttelte, der Hawaiianer ihm etwas ins Ohr schrie, aber er verstand ihn nicht. Mitten im Wohnzimmer hatten die Leute nun angefangen, zu der verzerrten Gitarrenmusik zu springen und sich zu schubsen. Daniel sah, wie sie einander Fußtritte versetzten und sich an den Kleidern zogen, bis sie hinfielen. Einer stürzte auf den anderen. Daniel entdeckte den Schiffbrüchigen zu seinen Füßen, der völlig verschwitzt dasaß und sich krümmte vor Lachen. Plötzlich beruhigte sich die Stimmung wieder etwas, und die Party verlagerte sich auf die andere Seite des Zimmers. Daniel spürte, dass man ihm auf die Schulter klopfte. Jemand half ihm vom Boden auf und brachte ihn ins Badezimmer. Es war Ramiro. Der Junge ver-

folgte, wie Ramiro Wasser ins Waschbecken laufen ließ. Er tauchte den Kopf ins Wasser und fiel in eine blaue und stille Erinnerung – er schwamm wieder im Schwimmbad des Sportklubs in Curuguazú mit seiner neuen Badehose, während er seinen eigenen flüchtigen Schatten und die durch das Licht schwingenden Sechsecke am himmelblauen Grund betrachtete; zum ersten Mal erblickte er Frauen aus der Nähe, deren Körper die Sonnenstrahlen mit Streifen verzierten, sah die schwerelosen weiblichen Rundungen, bewegte sich langsam um sie herum, entdeckte das leichte Zittern der Oberschenkel beim Schwimmen, die Brüste in ihrem eigentlichen Element. Er war zwölf Jahre alt. Wenn er zum Luftholen an die laute Oberfläche mit all den Stimmen und Schreien und zirpenden Grillen drang, tauchte er nur mit noch größerem Vergnügen wieder hinab in die Stille dieser anderen Welt, dieser Welt der jugendlichen Hüften und Taillen, auf Entdeckungsreise, um das Geheimnis der weiblichen Haare zu erkunden, die sich wie Algen in Wellen legten. Er hielt den Atem an, schwamm um die jungen Mädchen in ihren Bikinis herum, deren Anblick, durch die Lupe des Wassers betrachtet, nur noch schöner wurde.

11

Der kühle Wind machte das Warten in der Gluthitze um vier Uhr nachmittags zumindest etwas erträglicher. Auf dem Platz vor der Iglesia del Pilar herrschte ein Gewimmel von Menschen. Daniel war erst nach Mittag aufgewacht, sein ganzer Körper war steif gewesen, weil er auf dem kalten Fliesenboden in der Waschküche geschlafen hatte. Wegen seines Katers hatte er nur lustlos eine Tasse Kaffee in der Küche getrunken, während Ramiro die Gläser und die Aschenbecher gespült hatte.

»Wer ist Sabrina?«

»Warum?«, hatte Daniel gefragt.

»Weil du heute Nacht im Schlaf gesprochen hast und dauernd ›Sabrina, Sabrina‹ gesagt hast.«

»Ach so. Ein Mädchen, das ich in Curuguazú kennen gelernt habe.«

»Ach! Ich habe in den Nachrichten gesehen, dass ihr Hochwasser hattet. Bis wohin ist das Wasser denn gestiegen?«, hatte Ramiro sich erkundigt.

»Bis zum Kiesweg.«

»Und wie geht es deinem Bruder?«

»Ist noch immer arbeitslos und schläft den ganzen Tag.«

»Und seine Freundin?«
»Dasselbe. Die pennen manchmal wochenlang. Ramiro, kannst du mir zehn Pesos leihen? Pass auf: Morgen stellst du mir einen Scheck über neunzig aus anstatt hundert, okay?«
»In Ordnung.«
»Wenn ich weggehe, muss ich dann den elektrischen Türöffner drücken, um wieder reinzukommen?«
»Nein. Nimm den Schlüsselbund mit, der neben der Tür hängt. Wohin gehst du denn?«
»Ich weiß nicht, eine Runde drehen.«
»Sei vorsichtig, du bist hier nicht in Curuguazú. Hier machen sie dich einen Kopf kürzer, ohne mit der Wimper zu zucken.«
»Als ich hergetrampt bin, bin ich überfallen worden.«
»Wo?«
»Auf dem Weg, vor Colón.«
»Du bist per Autostopp gekommen?«
»Hm.«
»Und warum hattest du es so eilig, nach Buenos Aires zu kommen?«
»Einfach nur so«, antwortete Daniel achselzuckend. »Hast du das Moped noch?«
»Nein. Das Ding war kaum mehr zu gebrauchen, ich hab's für ein paar Pesos verkauft – für ein Drittel von dem, was ich dir dafür gezahlt hab.«
»Und auf der Fahrt hierher, wie ging es da?«
»Gut, ich bin langsam gefahren«, antwortete Ramiro. »Bin halb erfroren angekommen, es war ja Juli; ich habe mir Zeitungspapier unter die Jacke geschoben, damit der Wind

nicht so durchpfeift, du kannst dir nicht vorstellen, wie das war. Und außerdem, stell dir nur mal vor, du kommst auf dem Moped hier an und kennst weder den Verkehr noch die Straßen. Alle haben mich überholt.«

»Und mittlerweile hast du dich an Buenos Aires gewöhnt?«, erkundigte sich Daniel.

»Mittlerweile ja.«

»Und du hast kein Heimweh?«

»Doch, klar«, antwortete Ramiro. »Aber inzwischen hab ich hier mein Leben, ich könnt nicht mehr zurück. Außerdem könnt ich nicht mehr bei meinen Alten wohnen. Es ist schon schlimm genug, Weihnachten nach Hause zu fahren. Meine Eltern zahlen mir die Miete und die Uni, weil sie glauben, ich studier Landwirtschaftskunde. Jedes Mal, wenn ich nach Hause fahr, muss ich mir vorher in irgendeinem Lehrbuch einige Seiten über Weiden oder Botanik durchlesen, damit ich meinen Alten was vorlügen kann. Ich erzähl ihnen also irgendwas, und kurz danach erkläre ich, dass ich schließlich nicht gekommen bin, um über die Uni zu reden, sondern dass ich mit meiner Familie zusammen sein will. Es ist furchtbar.«

»Und wenn du die Wahrheit sagen würdest, wie würden sie reagieren?«

»Keine Ahnung, das wär wahrscheinlich die absolute Katastrophe«, erwiderte Ramiro lachend. »Stell dir mal meinen Alten vor: der älteste Sohn, der den jüngeren Brüdern mit gutem Beispiel vorangehen sollte, angehender Agraringenieur, der einmal das Vergnügen haben wird, mit seinem Vater die Felder zu verwalten … es würde meine Eltern umbringen.

Manchmal stell ich mir vor, dass ich es ihm über das Funkgerät mitteile, das er im Lastwagen hat, auf der Frequenz, die alle Landwirte und Tierärzte in Curuguazú einschalten. Stell dir vor – mein alter Herr in das nachmittägliche Geratsche mit den Traktorfahrern vertieft, die in den Wohnwagen mit den Postern von nackten Frauen an den Wänden leben. Plötzlich spricht ihn jemand aus seinem Funkgerät direkt an. Alle hören zu.« Ramiro griff nach dem Schwamm aus dem Spülbecken, mit dem er gerade die Teller abgewaschen hatte, und hielt ihn sich vor den Mund, als ob er ein Mikrofon wäre: »Nummer zehn, Nummer zehn, Nummer zehn, bitte kommen? Ende.«

»Ja, ich höre. Ende.«

»Papa, kannst du mich verstehen? Ende.«

»Ja, ganz deutlich, Ramiro? Ende.«

»Papa, also es ist Folgendes, ich habe dir was Wichtiges zu sagen: Ich studier gar nicht Landwirtschaft. Seit zwei Jahren studier ich Kommunikationswissenschaften. Und da wär noch was – ich bin schwul. Ende.«

»Aber irgendwann werden sie es sowieso erfahren«, gab Daniel zu bedenken.

»Irgendwann, ja. Ich will nur zuerst meinen Abschluss in der Tasche haben und einen Job, damit ich mich selbst über Wasser halten kann, falls sie mir den Geldhahn zudrehen. Das würd nämlich passieren, sobald ich ihnen sag, dass ich gar nicht Landwirtschaft studier. Der Rest ergibt sich dann entweder von selbst oder gar nicht, keine Ahnung.«

»Braucht man viel Kohle, um zu studieren und ein Zimmer zu mieten?«

»Warum? Spielst du mit dem Gedanken, in Buenos Aires zu studieren?«
»Ich weiß nicht, es ist mir vor kurzem so durch den Kopf gegangen.«
»Aber studierst du denn zu Hause nichts?«
»Nein. Ich habe einen Job bei Zaychú.«
»Im Kühlhaus?«
»Ja.«
»Nein! Du musst doch studieren. Oder willst du dein ganzes Leben lang auf Hühner aufpassen?«
»Nein, es ist kaum zum Aushalten.«
»Und was würdest du gerne studieren?«
»Medizin«, antwortete Daniel.
»Würdest du dann eine Praxis in Curuguazú eröffnen wie dein alter Herr?«
»Ja, schon möglich.«
Während sie sich unterhielten, hatte Daniel Ramiro beobachtet und in seiner Gestik oder der Art sich zu kleiden, nach irgendeinem Anhaltspunkt für seine Homosexualität gesucht, war aber nicht fündig geworden. Hätte Ramiro selbst ihm nicht davon erzählt – er hätte es nicht geglaubt. Nachdem er geduscht und in Erfahrung gebracht hatte, wie er nach Recoleta kam, hatte er, ohne zu Mittag gegessen zu haben, das Haus verlassen und in der Mittagshitze den Bus genommen. Er war zwar völlig verkatert, konnte es aber kaum erwarten, Sofía wieder zu sehen, obwohl ein Jahrmarkt so ziemlich das Letzte war, worauf er im Moment Lust hatte. Nun stand er in der Hitze, wartete auf Sofía und sah zu, wie die Leute an ihm vorbeigingen.

Schon bald entdeckte er sie, wie sie ihm, mit einem ärmellosen Top, Sandalen und einem langen geblümten Rock, leichtfüßig entgegenkam. Ihr Haar war rötlich, hing glatt nach unten und umrahmte ihr Gesicht mit den großen Augen.

»Meine Freundinnen kommen nicht, sie haben sich abgesetzt«, erklärte sie Daniel zur Begrüßung. »Willst du den Friedhof sehen?«

»Eigentlich nicht«, erwiderte er.

»Na komm schon, es wird dir gefallen.«

Sie durchquerten das hohe Eingangsportal und liefen ziellos in den Gängen zwischen den Mauern des Gewölbes umher. Daniel hatte das Gefühl, sie wären zwei Riesen, die in einer unheimlichen und verlassenen Stadt angekommen waren.

»Und hier lebt niemand mehr?«, fragte er.

Sofía lachte.

»Wie sollte hier noch jemand leben – es ist ein Friedhof!«

»Aber die Gräber sehen aus wie Häuser«, sagte Daniel, »es scheint fast, als ob die Leute hier ihre Toten begraben und in den gleichen Häusern leben würden.«

Mit jedem Schritt, den sie machten, scheuchten sie die Tauben auf, die auf den Köpfen und Armen der Engelstatuen gesessen hatten. Daniel bestaunte die aufgetürmten Mausoleen, die Pflanzenpracht, die zwischen den Granitspalten wuchs, und die Särge, die durch die schmutzigen Scheiben kaum zu sehen waren.

»Wie lange ist die Party gestern noch gegangen?«, fragte Sofía.

»Ich weiß nicht, ich bin irgendwann in voller Montur auf dem Boden eingeschlafen.«

»Das ist gefährlich. In irgendeinem Indianerstamm glaubt man, wenn ein Mann in einem Tierkostüm einschläft, dann verwandelt er sich in dieses Tier.«

»Habe ich mich etwa in eine Vogelscheuche verwandelt?«

»Na, ... schau mal wie die Tauben davonfliegen und die Katzen wegrennen, sobald wir vorbeilaufen.«

»Also bin ich auch eine Katzenscheuche.«

»Eine Vogelkatzenscheuche«, erwiderte sie.

»Und deine Arbeit, machst du die für die Universität?«, fragte Daniel.

»Ja, die Gliederung ist schon so gut wie fertig«, erklärte sie. »Ich habe mir den Jahrmarkt ausgesucht, weil das ziemlich einfach ist. Ich werde mich mit Eros und Thanatos beschäftigen.«

»Was ist denn das?«

»Das sind die beiden Pole, die jeder Mensch in sich trägt: das Leben und der Tod. Schau mal, das hier ist eine große Statue des Todes, eine Nekropole, Thanatos in Marmor verewigt, dem Tageslicht ausgesetzt, mit Vor- und Nachnamen, in dem Wunsch, Tugend und Ehrlichkeit unsterblich zu machen. Auf der anderen Seite dieser Mauer, auf dem Fußweg gegenüber – siehst du diese Jalousien? Das sind Stundenhotels ...«

Daniel senkte den Blick.

»... diese Hotels sind wie Tempel der Liebe, sozusagen der flüchtige, vergängliche Eros hinter verschlossenen Türen, anonym, heimlich, als verboten, lasterhaft und anstößig angesehen. Irgendwie symbolisiert der Kontrast zwischen diesen beiden Polen meiner Meinung nach auch unsere Gesellschaft. Wenn der Tod die Bühne betritt, entschwindet das Leben. Es ist simpel, aber darüber geht es in etwa.«

Daniel hörte ihr erstaunt zu. »Wie alt bist du eigentlich?«, fragte er sie.

»Dreiundzwanzig. Und du?«

»Wie alt schätzt du mich?«

»Keine Ahnung. Wie alt?«

»Siebzehn«, sagte er.

»Du wirkst älter. Nicht nur äußerlich, sondern auch deinem Blick nach und so.«

Sofía zeigte ihm das Museum der Schönen Künste, aber Daniel konnte sich dafür nicht so recht begeistern; von allem, was man dort sehen konnte, interessierte ihn Sofía noch am meisten. Er lief durch die Säle und täuschte Interesse vor, verweilte wie seine Begleiterin vor den Gemälden. In Wirklichkeit jedoch beobachtete er, wie sie, mit der einen Hand hinter dem Rücken nach ihrem Arm griff, vor den Bildern stehen blieb und entspannt mit einem Fuß nur auf der Ferse stand, wie sie mit federnden Schritten um die Skulpturen herumlief, wobei sich ihre festen Pobacken unter dem dünnen Rock abzeichneten, oder wie sie sich bückte, um die kleinen Kärtchen zu lesen, während ihr Top dabei etwas nach oben rutschte und den Blick auf einen Teil ihres nackten Rückens freigab, der mit blondem Flaum bedeckt war. Sie umkreisten sich und gaben vor, einander nicht zu beachten; er folgte ihr langsam, mit vorsichtigen Schritten, sie entkam, ließ sich dann aber wieder einholen und stachelte ihn erneut zu diesem Spiel an.

Am Ausgang fragte Sofía ihn: »Hast du gewusst, dass Ramiro schwul ist?«

»Nein, ich hab's nicht gewusst.«

»Hat es dich überrascht?«

»Gestern ja, sehr sogar«, antwortete er. »Als er es mir gesagt hat, dacht ich erst, ›hier bleib ich für kein Geld der Welt‹.«

»Aber du bist geblieben.«

»Ja. Nach den ganzen Joints und dem vielen Tequila hab ich mich nicht mal mehr dran erinnert. Genauso heute, als er dieselben Klamotten anhatte wie sonst und ich gemerkt hab, dass wir genauso wie vorher miteinander umgehen, hatte ich das Gefühl, dass überhaupt nichts passieren würde.«

»Und was sollte deiner Meinung nach passieren?«

»Keine Ahnung, vielleicht hätte er sich für mich interessiert.«

»Red doch keinen Schwachsinn. Er ist fest mit jemandem zusammen. Außerdem würde er dich nicht anmachen.«

»Aber ich kann einfach nicht verstehen, wie ihm Männer gefallen können.«

»Genauso wie den Frauen.«

»Ja, aber wie?«

»Wenn mir jemand gefällt, dann mag ich, wie er sich anzieht, mich ansieht, seine Hände, seine Haut …«

»Seine Hände?«, fragte Daniel.

»Ja. Hast du mich eben im Museum etwa nicht die ganze Zeit angeschaut?«

»Entschuldige«, sagte Daniel und wurde rot.
»Sei nicht dumm, es gefällt mir, wenn du mich beobachtest. Ich tu's ja auch. Den Frauen gefallen die Männer und einigen Männern eben auch.«
»Und wie sind meine Hände?«, wollte Daniel wissen.
»Lass mal sehen«, sagte Sofía und griff danach. »Schön«, sagte sie und ließ seine Hand eine ganze Weile lang nicht mehr los.
»In China oder Japan, ich weiß nicht mehr genau, wo, ist es jetzt wohl genau umgekehrt. Dort werden langsam die diskriminiert, die nicht homo sind.«
»Also die Heteros?«
»Ja. Wegen der Überbevölkerung. Die Paare, die Kinder bekommen können, sind schlecht angesehen, man gibt ihnen die Schuld dafür, dass die Bevölkerung so explodiert ist. So rein gesellschaftstechnisch ist es dort besser, schwul zu sein. Der Staat versucht, die Geburtenrate immer weiter zu senken, und gibt den Prostituierten Geld, damit sie weniger von den Freiern verlangen. Außerdem hat man in einigen öffentlichen Toiletten anstatt Klos Puppen aufgestellt, die sich bewegen, wenn man ein paar Münzen reinschmeißt, und die Typen ...«
»... treiben es damit?«, fragte Sofía entsetzt.
»Ja, sie machen es von hinten. Die Puppen stehen auf so 'nem Podest, genau in der richtigen Höhe. Und die Dinger werden immer lebensechter. Anscheinend hat das neueste Modell ein paar Tasten, mit denen man seinen Namen eingeben kann, bevor man anfängt, und die Puppe wiederholt ihn dann immer wieder zwischen dem Stöhnen, das vom Band kommt.«
»Woher hast du das denn?«

»Hab ich in einer Zeitschrift gelesen.«

»In welcher?«

»Weiß nicht, kann mich nicht mehr erinnern.«

Sie liefen über den Jahrmarkt, vorbei an den Ständen, wo man Ohrringe und Ringe, bunte Kleider, Bilderrahmen, Brieftaschen, Kaleidoskope und Masken kaufen konnte. Langsam bahnten sie sich einen Weg durch die Menge. Daniel erzählte Sofía, dass man in Curuguazú nicht mal an den am besten besuchten Tagen des Karnevals so viele Leute an einem Ort sah.

In der kühlen Luft hing bisweilen ein süßlicher Geruch nach Garrapinada, doch dank seines übermäßigen Alkoholkonsums vom Vorabend wurde ihm allein beim Gedanken an den Ananascocktail schon übel. Sie lauschten dem Gesang eines Gitarrenspielers, dessen Stimme von einem knarzenden Lautsprecher verstärkt wurde, kamen an einer Gruppe vorbei, die auf ein paar Trommeln spielte und Capoeira vorführten; ein Stück weiter tanzte ein Paar in Folkloretracht Tango zur Musik vom Plattenspieler – ein Anblick, der an das Motiv auf einer Postkarte erinnerte. An manchen Stellen überlagerten sich die verschiedenen musikalischen Darbietungen und ließen alles verstimmt und sogar die Realität selbst dissonant erscheinen zwischen den Jongleuren, den verbitterten Blicken der Eisverkäufer, den Malern ohne Arme mit Pinsel im Mund, den Feuerschluckern, die Feuer spuckten, als würden sie ihre angestaute Wut verbrennen, den Clowns mit ihren improvisierten Späßen und den Tarotkartenlegern. Daniel begann sich langsam unbehaglich zu fühlen; es erschien ihm beinahe, als hätte sich die Party vom

Abend zuvor bis zum helllichten Tag hingezogen und wäre zu einem Mega-Fest geworden, das sich schließlich zu diesem Jahrmarkt entwickelt hatte – als wäre ganz Buenos Aires ein einziger Tumult aus kostümierten Menschen unter der Dezembersonne. Sofía wollte bei einem Kreis von Zuschauern stehen bleiben, der sich um zwei Gaukler mit bemalten Gesichtern gebildet hatte, die mit Fackeln jonglierten. Ein wenig abseits saß ein Dritter in der Hocke, der weitere Fackeln mit dem Petrolether befeuchtete, während er sich die Dose mit dem Petrolether vor die Nase hielt und die Dünste einatmete. Er hatte sich das Gesicht grün angemalt. Schwerfällig warfen die Männer einander die Fackeln zu. Für das nächste Kunststück brauchten sie Freiwillige. Sie holten ein paar Leute aus dem Publikum und führten sie in die Mitte: einen Touristen, der wie ein Deutscher aussah, zwei langhaarige Jungs, die verschämt lächelten. Daniel wollte gerade weiter nach hinten gehen, da hatten sie ihn auch schon erwischt. Die Freiwilligen wurden angewiesen, sich Schulter an Schulter, jeder mit einer Fackel in der Hand, auf den Boden zu legen. Die drei Jongleure begannen nun der Reihe nach über die Flammen zu springen. Nach ihren Sprüngen kamen sie neben Daniel auf; er war der Letzte in der Reihe und betrachtete von unten die Schuhsohlen ihrer Gummischuhe und die Hosen aus glänzendem, buntem Stoff. Beim letzten Sprung schlug der Grüngesichtige mit dem Fuß gegen Daniels Fackel, der den Kopf schnell zur Seite drehen musste, um der Fackelspitze auszuweichen, die auf die Wiese schlug. Daniel spürte, dass die Fackel seinen Kopf nur um Haaresbreite verfehlt hatte. Er erhob sich unter Applaus und ging zurück zu Sofía. Als er sich mit der Hand übers Haar strich, merkte er, dass sie blutverschmiert war. Die Leute gingen auseinander, denn die Gaukler hatten begonnen, die Mütze herumzureichen. Sofía teilte den Gauklern mit, dass Daniel sich verletzt hatte, woraufhin einer von ihnen anbot, die Stelle mit Alkohol zu reinigen, während die anderen beiden keinerlei Notiz von der Sache nahmen. Daniel erklärte ihr, dass das Ganze halb so wild sei, aber Sofía begann, die Gaukler zu beschimpfen, bis der mit dem grünen Gesicht sagte: »Jetzt hör mir mal gut zu, Mädchen, es ist eine riskante Nummer und dein Freund hat sich freiwillig gemeldet, also soll er nicht so ein Theater machen und es wie ein Mann nehmen.«

Daniel musste Sofía zurückhalten, die nun die Gaukler lautstark zu beschimpfen begann und damit drohte, sie anzuzeigen. Die drei entfernten sich mit ihrem Gepäck auf den Schultern und bemühten sich nicht einmal, ihr spöttisches Lächeln zu verstecken.

Erst nachdem Daniel Sofía mehrmals beteuert hatte, dass es kaum mehr als eine Kratzwunde sei und sie sich keine Sorgen zu machen brauche, konnte er sie wieder beruhigen. Sie bestand jedoch darauf, dass sie zu ihr nach Hause gingen, damit Daniel sich erholen konnte. Sie nahmen den Bus, der in der sonntäglichen Trägheit nur langsam vorwärts kam, und landeten schließlich in Sofías kleinem Appartement in der Nähe des Botanischen Gartens.

»Setz dich hierhin«, sagte sie und ging, um Verbandszeug zu suchen.

Das nachmittägliche Licht fiel mit leicht müdem Schein ins

Zimmer und auf einige Poster mit Ethno-Motiven und den Rolling Stones an der Wand.

»Magst du die Rolling Stones?«, rief Daniel.

»Nein«, antwortete Sofía und erschien mit Watte und einer Flasche Alkohol in der Hand. »Jetzt zeig mir mal die Stelle, wo du dich verletzt hast.«

Sie strich ihm langsam die Haare beiseite und wies ihn an, die Knie zu öffnen, damit sie näher an ihn herantreten konnte. Plötzlich war Daniel furchtbar angespannt: Sofías Brüste befanden sich nun genau auf Augenhöhe, nur wenige Zentimeter entfernt, betont durch eine Kette mit einer orientalischen Münze, die inmitten ihres dünnen Tops baumelte, unter dem sie keinen Büstenhalter trug. »Dir fallen gleich die Augen aus dem Kopf …«, stellte Sofía fest, als sie bemerkte, wie er sie anstarrte.

Daniel lachte. Sofía befeuchtete einen Wattebausch mit etwas Alkohol und führte ihn an seinen Kopf.

»Das wird jetzt brennen, oder?«

»Ja. Du hast da einen ziemlich großen Kratzer abgekriegt.«

Er spürte das Brennen. Sofía pustete sanft auf die Wunde und spitzte dabei ihre rosafarbenen Lippen.

»Brennt es?«

»Ein bisschen«, erwiderte Daniel aufgeregt und betrachtete Sofías Schultern, die flüchtige Vertiefung, die sich bei jeder Bewegung des Schlüsselbeins formte, ihren weißen Hals, den er so leicht hätte küssen können.

Sofía blies weiter, hatte nun seinen Kopf in ihren Hände genommen und kam noch etwas näher. Daniel sah, wie Sofías glatte Haare ihr wie ein sanfter Wasserfall über die Schultern fielen; dann begann er zum Spaß auch ihren Hals und die Schultern anzublasen und bemerkte, erstaunt angesichts dieses Wunders der Natur, dass Sofías Brustwarzen steif wurden und sich unter dem Stoff ihres Tops abzeichneten. Sofía blickte ihm ernst in die Augen, lächelte dann und streifte sich langsam erst einen, dann den anderen Träger von der Schulter. Plötzlich drehte jemand einen Schlüssel im Schloss herum.

»Meine Schwester!«, rief Sofía und wich zurück.

Daniel verschränkte die Beine und versuchte, seine Erektion mit einem Arm zu verdecken. Ein Mädchen mit Brille und Aktenmappe betrat das Zimmer. Daniel hasste sie abgrundtief.

»Hi«, sagte sie.

»Hi«, antworteten Daniel und Sofía mit einer Stimme, die so übertrieben sicher klang, dass sie die beiden verriet.

Sofías Schwester ging in ihr Zimmer und fragte: »Ich störe doch nicht, oder?«

»Nein, nein«, antworteten beide und sahen sich an.

»Patricia, gehst du denn nicht nach Lincoln?«, fragte Sofía ihre Schwester.

»Nein, erst morgen früh.«

Daniel wurde plötzlich übel und gegen seine Stirn hämmerte es. Als Patricia kam, um Daniel zu begrüßen, erhob er sich kaum von seinem Platz. Später tranken sie Kaffee und aßen Toast, während Musik von Mercedes Sosa lief. Es fielen nur einige knappe Sätze.

Patricia fragte Sofía: »Hast du die Monografie schon abgetippt?«

»Ja.«

»Was studierst du?«, erkundigte Daniel sich.

»Soziologie.«

»Du auch?«

»Ja, warum – du auch?«, fragte Patricia.

»Nein, ich bin dieses Jahr mit der Schule fertig geworden und arbeite jetzt in einem Kühlhaus.«

»Dann versteh ich nicht«, sagte Patricia, »warum du ›du auch‹ gesagt hast.«

»Isst du heute Nacht bei Mama und Sergio?«, unterbrach Sofía.

»Ja, und du musst auch kommen, weil sie danach abreisen«, erwiderte Patricia.

Die zwei Schwestern begannen miteinander zu diskutieren, danach sich zu streiten. Daniel fühlte sich unwohl und sagte, er müsse nun gehen. Sofía begleitete ihn ins Erdgeschoss. In der Tür sagte Daniel zu ihr: »Du studierst gar nicht Soziologie, oder?«

»Nein. Tut mir Leid, dass ich dich angelogen habe.«

»Du bist also auch nicht dreiundzwanzig?«

»Ich bin neunzehn und ja, ich mag die Stones.«

»Aber alles, was du mir über den Friedhof, über Eros und die Maskierungen gesagt hast, hast du gewusst.«

»Ja, weil ich die Monografien für meine Schwester abgeschrieben habe. Dabei hab ich angefangen, sie zu lesen. Ich hab schon Lust zu studieren und mich fürs kommende Jahr eingeschrieben. Im Moment arbeite ich.«

»Und warum hast du mich angelogen?«

»Entschuldige«, sagte sie und blickte auf ihren Anhänger

hinunter. »Ich hab dich auf dem Fest gesehen, du hast mir gefallen, und als ich Ramiro nach dir gefragt hab, hat er mir gesagt, dass du in ein paar Tagen wieder gehst, dann ist mir das mit der Arbeit auf dem Jahrmarkt eingefallen, damit wir uns wiedersehen, aber alles ist schief gegangen. Ich dachte, meine Schwester wäre weg und …«

»Du hast dir das alles ausgedacht, nur um mit mir wegzugehen?«

»Hättest du mich denn gefragt?«

»Äh … Keine Ahnung, ob ich dran gedacht hätte, und wenn, hätte ich mich nicht getraut zu fragen.«

»Dann war meine Lügengeschichte ja doch nicht so schlecht«, sagte Sofía.

Daniel lachte. »Machst du das immer so, wenn dir ein Typ gefällt?«

»Was meinst du mit ›so‹?«

»Du denkst dir Sachen aus?«

»Wenn er mir gefällt, schon. Ich versuche, meinen Kopf zu benutzen.«

»Und was gefällt dir an mir?«, fragte Daniel.

»Ich weiß nicht, irgendwas in deinem Blick, als wärst du hungrig nach was, als würdest du die ganze Zeit nach was suchen und wärst kurz davor, es zu finden.«

Sofía gab ihm einen Kuss und flüsterte ihm ins Ohr: »Komm morgen Abend. Um zehn. Dann ist meine Schwester nicht mehr da.«

Daniel hätte gern mit dem Küssen weitergemacht, aber Sofía drängte ihn in Richtung Tür und sagte nur noch »morgen«.

Er sah, wie sie in den Aufzug trat, und lief die dunklen Straßen entlang.

An einem Kiosk gegenüber stand eine Gruppe von Jungen seines Alters und trank Bier.

»Hast du fünfzig Centavos für den Bus?«

»Nein«, antwortete Daniel, ohne stehen zu bleiben.

»Eine Zigarette?«

»Ich rauche nicht.«

»Wofür lebst du dann überhaupt?«

Er hörte, wie jemand hinter ihm herlief, vermutete aber, dass sie ihm nur Angst einjagen wollten, und drehte sich nicht um. Stur ging er weiter.

Er fuhr zusammen, als eine Flasche neben ihm zerschmetterte, und hörte das Gelächter hinter ihm. Da fuhr ein Taxi vorbei, und er hielt es an.

Der Taxifahrer war um die dreißig, hatte lange Haare, einen Bart mit Schnauzer und ein Gesicht wie Jesus, aber einen unfreundlichen Gesichtsausdruck, wie Daniel immer wieder im Rückspiegel erkennen konnte.

»Haben sie dich geärgert, diese Typen?«

»Ja«, antwortete Daniel.

»Sollen wir zurückfahren und ihnen eine Tracht Prügel verpassen?«

»Nein.«

»Heutzutage lungern diese Typen überall auf der Straße rum. Man sollte wieder die Ausgangssperre einführen.«

»Was ist das?«

»Ausgangssperre – ein Gesetz, dass niemand mehr nach zehn Uhr abends auf die Straße darf.«

»Aber wenn dieses Gesetz wieder eingeführt wird, haben Sie keine Arbeit mehr.«
»Und wenn schon, was will man machen, dann wär's eben so. Wohin willst du überhaupt?«
»In die Calle Entre Rios 900.«
»Kommst du vom Arbeiten?«
»Nein«, antwortete Daniel, »von 'nem Mädchen, das mich total verrückt gemacht hat.«
»Ah! Sie sind schön, die Weiber, aber sie sind Huren«, sagte der Taxifahrer. »Ich leb jetzt nur noch mit meinen Hunden, die Weiber sind alle Huren. Einem Hund gibst du was zu fressen, und er ist dir dankbar, im Gegensatz zu den Weibern … Weißt du, dass Hunde intelligenter sind als einige Weibsbilder?«
»Meinen Sie wirklich?«
»Ja, das ist so. Sieh mal, wenn ein Hund mal Mist baut, dann gibst du ihm eine ordentliche Tracht Prügel, aber ordentlich, nicht so 'nen kleinen Klaps, sondern du ziehst ihm so richtig das Fell über die Ohren, und er wird es sein ganzes Leben lang nicht mehr tun … im Gegensatz zu den Weibsbildern – die kannst du danach so richtig versohlen, und trotzdem verstehen sie es nicht, sie vergessen es und machen dieselbe Scheiße immer wieder.«
Daniel sah aus dem Fenster. Der Taxifahrer hatte grüne Welle und beschleunigte. Ein Krankenwagen fuhr mit Sirenengeheul an ihnen vorbei, und das Blaulicht wirbelte für einen Moment alle Lichter in der Straße durcheinander. »Mit einer Nutte ist alles ehrlicher, du siehst sie, wenn du Lust hast, sie will dein Geld, du willst sie bumsen, es ist ein fairer Deal. Im

Gegensatz zu den anderen Weibern, die alles wollen: dein Haus, deine Kohle, und es außerdem noch mit einem anderen treiben, das sind alles Huren, Alter, es ist so.«

An einer Ecke verabschiedete sich ein Mann von einer Frau, die in ein Taxi stieg.

»Schau dir das mal an«, kommentierte der Taxifahrer. »Hier gibt er ihr ein Küsschen. Wie nett. Ich sag dir: Er schließt die Wagentür wie ein Gentleman hinter ihr und insgeheim denkt er sich: ›Diese verdammte Möse ist mir durch die Lappen gegangen‹, er geht ins Haus, guckt alleine in seinem Zimmer in die Röhre, ist völlig heiß und holt sich einen runter. ›Verfluchtes Weibsbild, verdammtes‹, wird er sich denken.«

Der Taxifahrer begann schneller zu fahren und legte die Gänge schimpfend und wutentbrannt ein. Daniel verhielt sich ruhig. Er hatte keine Ahnung, wo sie waren. Hinter sich sah er in rasender Geschwindigkeit die Bögen eines Marktes, der Plaza Miserere, vorbeisausen. Sie hielten inzwischen an den Ampeln nicht mehr an. Der Mann schien sich an irgendetwas zu erinnern und wiederholte immer wieder: »Verfluchtes Weibsstück!«, und hieb mit der Faust gegen das Seitenfenster. Im elften Bezirk verdoppelte er dann die Geschwindigkeit, dass die Reifen quietschten, wäre fast mit einem Müllauto zusammengestoßen, konnte im letzten Augenblick ausweichen, machte weitere Wendungen in dunklen Straßen und legte plötzlich eine scharfe Bremsung hin. Daniel standen vor Entsetzen die Haare zu Berge. Er war sich sicher, dass der Mann eine völlig falsche Richtung eingeschlagen hatte.

»Ich glaub nicht, dass es hier ist«, wagte er mit zitternder Stimme einzuwenden.
Ohne ihm zuzuhören stieg der Taxifahrer aus und begann Sturm zu klingeln. Daniel hörte, wie er lautstark eine Frau beschimpfte. Er kam wieder zum Auto zurück, streckte den Arm durchs Fenster und drückte unaufhörlich auf die Hupe, wobei er einen Höllenlärm in der ganze Straße veranstaltete.
»Du billige Nutte! Du weißt genau, wer ich bin!«, schrie er nach oben in Richtung eines Fensters. »Ich schlag dir und diesem Schwein den Schädel ein.« Dann ging er zum Klingelblock zurück und drückte mit dem Unterarm auf alle Knöpfe. In einigen Fenstern ging das Licht an. »Die von 6B macht hier einen auf feine Dame, dabei hat sie vorher mit ganz Burzaco gevögelt!«, schrie er. Er stieg wieder ins Auto, schlug die Tür zu und fuhr ruckartig an. Dann bremste er wieder. »Dreckige Schlampe! Sollen doch alle erfahren, dass du eine dreckige Schlampe bist!« Er hängte den Oberkörper aus dem Auto. »Die von 6B hat es mit ganz Burzaco getrieben!«, schrie er wieder und hupte. Danach beschleunigte er und fuhr wortlos zur Straße zurück.
Als sie ankamen, berechnete er Daniel wortkarg einen Peso weniger für den Umweg. Der Junge bezahlte eilig und öffnete die Autotür. Die Rückkehr ins Appartement des Freundes seines Bruders erschien ihm wie die Ankunft an einem Ort der Zuflucht.

12

Am Montag ging Daniel zur Bank im Stadtviertel und reihte sich in der Mittagshitze in die Schlange ein, um den Scheck einzulösen, den Ramiro ihm gegeben hatte. Die Nachricht, dass der Strom ausgefallen war und die Computer nicht mehr funktionierten, breitete sich wie ein Lauffeuer unter den Wartenden aus. Daniel lehnte sich gegen den schwarzen Marmor an der Eingangshalle eines Gebäudes. Er hatte schlecht geschlafen, seine Gedanken waren von Sofía zu Sabrina Love und von Sabrina Love zu Sofía gewandert, ständig erregt wegen der sexuellen Enthaltsamkeit, die er sich seit der Nacht der Verlosung auferlegt hatte, verwirrt angesichts der Entscheidung, die er an diesem Tag zu treffen hatte. Immer wieder dachte er daran, wie Sofía begonnen hatte, sich die Träger ihres Topf abzustreifen, und was danach womöglich hätte folgen können (ihre nackten Brüste, seine Hände, die sich unter ihrem kurzen Rock bis zu ihren Oberschenkeln schoben), er malte sich das nahe liegende Angebot aus, in ihrem Appartement mit ihr zu schlafen. Letzten Endes erschien Sofía ihm sehr viel realer als Sabrina Love, schließlich hatte er sie umarmt und geküsst und dabei ihren feuchten Mund und ihre Zunge gespürt, und außerdem waren sie beinahe gleich alt, und er gefiel ihr. Sabrina Love dagegen würde nur mit ihm schlafen, weil irgendein Vertrag mit ihren Produzenten sie dazu zwang, und nicht nur das – Sabrina hatte ihm auch an Alter und Erfahrung etwas voraus und kam ihm durch den Bildschirm ewig weit entfernt vor, verschwommen in einem Video mit unmöglichen Liebesstellungen hinter verschlossenen Türen, bewacht von Männern im Anzug, mit Gorilla-Figur und schmierigen Haaren.

Aber als er später nach einer geeigneten Schlafstellung suchte, nahmen seine Überlegungen doch eine andere Wendung und Sabrina Love schien ihm, angesichts all ihrer Erfahrung, der Exklusivität des bevorstehenden Treffens und der Kilometer, die er zurückgelegt hatte, um sie zu sehen, bis hin zu all den schlaflosen Nächten, die er ihretwegen verbracht hatte, doch an erster Stelle zu stehen. Auf dem Fußgängerweg herrschte sengende Hitze, und die Schlange bewegte sich nicht vom Fleck.

Es erstaunte ihn, wie der Geräuschpegel einer Stadt von einem auf den anderen Tag so ansteigen konnte. Am Sonntag war ihm Buenos Aires schon unruhig vorgekommen, aber nun, am Montag, herrschte ein ununterbrochenes Brausen wie auf hoher See: Es explodierte im Hupen und im Geschrei, tobte in den Motoren und brach in dem Gehämmer auf irgendeiner Baustelle zusammen. Und darin verstrickt waren all diese Menschen. Plötzlich hörte man Blech krachen und über den Asphalt schlittern. Ein paar Meter entfernt war ein Motorradfahrer verunglückt. Daniel sah noch, wie der Motor Funken sprühte und das Motorrad seitlich dahinschlitterte. Er näherte sich beunruhigt und stellte fest, dass bereits einige Männer einem jungen Mann halfen, der auf dem Boden lag und verletzt, aber bei Bewusstsein war. Ein Polizist rief über Funk einen Krankenwagen. Der Motorradfahrer war in ein Auto gefahren, das nun eine Delle in der Tür hatte. Als Daniel wieder an seinen Platz in der Schlange zurückkehren wollte, bemerkte er, dass die Leute sich dort nicht von der Stelle bewegt hatten, weder um zu helfen, noch um nachzusehen, was passiert war, nicht mal diejenigen, die sich nur einige Meter vom Unfallort entfernt befanden. Er verstand nicht, warum, bis die Señora hinter ihm ihn daran hinderte, sich wieder in die Schlange einzureihen. »Nein, nein, mein Junge, entweder neugierig den Unfall begaffen oder an Ort und Stelle bleiben. Sonst geht hier alles drunter und drüber.« Die Beschwerden derjenigen, die sich noch weiter hinten in der Schlange befanden, häuften sich, und so musste er sich wohl oder übel wieder ganz hinten anstellen, wo er verwirrt und mit dem Bedürfnis zu pinkeln wartete, bis sich die Menschen langsam wie ein schläfriger Zug in Bewegung setzten.

Eine Stunde später löste er den Scheck ein, steckte seine neunzig Pesos in die Tasche und ging auf die Straße hinaus. Er wollte sich ein Hemd kaufen, musste aber vorher eine Toilette finden.

Er lief einen Weg entlang, von dem er dachte, er gehöre zu dem Stadtviertel Florida, obwohl er sich in Wirklichkeit in Lavalle befand. In der Luft hing ein säuerlicher Geruch nach verfaultem Müll. Er kam sich sehr provinziell vor zwischen all diesen Menschen, die ihm gleichgültig und routiniert auswichen; alle überholten ihn, während er mit linkischen Bewegungen vor sich hin trödelte, und schienen es sehr viel eiliger zu haben als er auf seiner Suche nach einer Toilette. Dieses ständige Auf und Ab der Köpfe, die sich miteinander vermischten und immerzu in Bewegung waren, erinnerte ihn an seinen Traum von den Hühnern, den er Mittwochnacht gehabt hatte – diese Hühner, die ebenso groß gewesen waren wie er, die ihn gackernd eingeklemmt und sich aufeinander getürmt hatten, um sich vor weiß Gott welcher Gefahr zu retten.

Er betrat eine Pizzeria, in der ihm der alte Mann an der Kasse mit heiserer Stimme erklärte, die Toilette sei nur für die Gäste. Er ging weiter und spürte einen heftigen Druck auf der Blase. Immer schneller lief er an den Schaufenstern vorbei. Er betrachtete sein gespenstisch transparentes Spiegelbild, das sich mit den ausgestellten Armbanduhren, Schaufensterpuppen, Elektrogeräten und Schuhen überlagerte. Er betrat eine enge Bar und zwängte sich zwischen zwei Geschäftsleuten hindurch.

»Kann ich mal die Toilette benutzen?«

»Wenn du etwas bestellst …«

Angesichts seines dringenden Bedürfnisses kapitulierte er und bestellte eine Cola, durchquerte den Raum und stieg eine Wendeltreppe hinab.

In einem dreckigen Pissoir konnte er sich endlich erleichtern. Aus dem Nebenraum drangen das Stöhnen und Geschrei von hemmungslosem Geschlechtsverkehr. Als er die Stimmen hörte, vermutete er, dass es sich um einen Pornofilm handelte, der auf Spanisch synchronisiert worden war.

»Mach's mir, Johnny, ja so, so ist es gut, mach's mir, mach's mir, mach's mir.« Er stieg die Stufen wieder nach oben und setzte sich an einen Tisch, der an der Wand befestigt war. Auf der anderen Seite, hinter der Bar, aßen einige Gäste im Stehen, allesamt Männer mit Aktenkoffern zwischen den Beinen. Ihm fiel auf, dass auch hier oben der Pornofilm mit seinem ganzen synchronisierten Gestöhne zu hören war. Das schwere Atmen, die Seufzer und das Ächzen dröhnten, als würden sich nebenan zwei Riesen paaren. Doch die Leute ließen sich davon nicht aus der Ruhe bringen. »Reiß mir den Slip runter«, Daniel sah den anderen beim Essen zu und verfolgte das Hecheln, das gewaltige Keuchen, »dein Schwanz ist riesig«, den unmittelbar bevorstehenden Orgasmus, »spritz mich voll!«; es war, als ob der Teil von ihm, der sich dafür entschieden hatte, diese Nacht mit Sabrina Love zu verbringen, überhand gewonnen hätte und nun seine Fantasien in voller Lautstärke wiedergab. Als er das Gefühl hatte, die Leute würden ihn anstarren, zahlte er eilig und trat beschämt auf die Straße hinaus.

Draußen, neben der Bar, entdeckte er eine Treppe, die zu dem Eingang eines Kinos führte. Auf dem Schild davor stand »Filme für Erwachsene, 24 Stunden am Tag«. Er sah erst einen dunkelhäutigen Mann mit bolivianischen Gesichtszügen herauskommen und danach einen Albino, der eher der unterirdischen Welt als dem grellen Alltag auf der Straße anzugehören schien. Daniel hatte Lust hineinzugehen, erinnerte sich aber daran, dass er sich ein Hemd kaufen musste, damit er am Abend elegant aussah. Er lief durch das Getöse und den Tumult, versuchte herauszufinden, wo er war, hatte jedoch die Orientierung verloren. Er kam immer weiter vom Weg ab, verwirrt wegen einer diagonal verlaufenden Straße, die er nicht ausfindig machen konnte, denn der Plan, den er sich im Kopf von der Stadt gemacht hatte, stützte sich auf den Stadtplan von Curuguazú, dessen Straßen im Schachbrettmuster angeordnet waren.

Als ihm klar wurde, dass er sich verirrt hatte, erschrak er nicht, sondern spürte vielmehr eine merkwürdige Erregung in sich aufsteigen, denn ihm wurde bewusst, dass er nun ewig weiterlaufen konnte, ohne auf jemanden oder etwas Bekanntes zu stoßen. Zum ersten Mal in seinem Leben spürte er die Freiheit der Anonymität, die Möglichkeit zu tun, wonach ihm der Sinn stand, ohne dass jemand dazu seinen Kommentar abgeben, ihn kritisieren oder sein Tun mit seinem Namen oder seiner Familie in Verbindung bringen würde. Er begann, den hübschesten Frauen, die an ihm vorbeikamen, nachzulaufen; er begann, ihre Bewegungen zu beobachten, ihre Miniröcke und hochhackigen Schuhe, ihre flatternden Sommerblusen, die ihre weiblichen Attribute stolz zur Schau stellten; er schlenderte einige Straßen lang hinter ihnen her, bis sie sich in einer Tür oder dem Eingang zur U-Bahn verloren oder in ein Taxi einstiegen. Dann folgte er einer anderen und ließ es mit Vergnügen zu, dass er sich weiter und weiter verirrte. Manchmal stellte er sich an einer Kreuzung neben sie, wenn er darauf wartete, eine Straße zu überqueren, und spielte mit dem Gedanken, sie anzusprechen, wagte es dann jedoch kaum, sie nach der Uhrzeit zu fragen. Manchmal verlor er sie aus den Augen, abgelenkt durch irgendetwas anderes: die Fotos von Mädchen in Unterwäsche im Schaufenster eines Ladens, einen Landstreicher, der den Müll durchsuchte, ein Wirrwarr von Kabeln hoch oben im schmalen Streifen des Himmels, ein Zusammenstoß, zwei Fahrer, die sich beschimpften, ein Mann, der aus einem Lastwagen mit Mühe eine Rinderhälfte ablud, die er aus einer anderen Welt zu bringen schien – aus einer Welt der Stille und der grünen Felder. So lief Daniel vorbei an der Galerie Güemes, schlenderte in der Unterführung unter der Avenida 9 de Julio hin und her, wo es lauter Kioske gab und er einen Zwerg entdeckte, der Schuhe putzte, vorbei an der Plaza de Mayo, die er schon so oft in den Nachrichten gesehen hatte und die sich gegenüber von Cabildo, der Kathedrale, befand, von der er immer gedacht hatte, sie läge in der Provinz von Tucumán. Zufrieden drehte er ziellos seine Runden, spürte, dass er irgendetwas hinter sich ließ, als würde er einen Faden durchtrennen und sich von einer bestimmten Ordnung befreien, als würde er von einer fest-gelegten Richtung aufbrechen zu einer Vielzahl an fremden Wegen, zu einem Leben voller neuer Möglichkeiten. Schließlich ging er eine steilere Straße bergab, vorbei an einer Blondine mit Managerschritt, und stand plötzlich vor dem Stadion Luna Park. Dort packte ihn die Erinnerung an die Eiskunstlaufshow, die er damals, auf dieser schon so lange zurückliegenden Reise nach Buenos Aires, mit seinen Eltern und Geschwistern im Alter von zehn Jahren gesehen hatte. Er wurde sich bewusst, dass er dieses Gebäude und diese Nacht niemals vergessen hatte. Wie erstarrt blickte er auf die Plakate mit Boxern, die an den grauen Mauern befestigt waren, bis die Erinnerung sich verflüchtigte und er, eingeschüchtert

durch diese Falle der Erinnerung, beschloss, nun aber endlich einen Laden zu suchen, in dem er das Hemd kaufen konnte.
Die Kassiererin in dem kleinen Bekleidungsgeschäft erklärte ihm, er müsse den Bus nehmen, um zu Ramiro zurückzukommen. Ein wenig später wartete er an der Bushaltestelle mit dem Paket unter dem Arm neben einem Blinden mit Blindenstab und Aktenkoffer in der Hand. Daniel musste ein paar Mal husten. »Mein Junge, hältst du mir den Sechser an, wenn er vorbeifährt?«, fragte der Blinde.
»Ja klar«, sagte Daniel und blickte in die blinden Augen.
»Du bist wohl nicht von hier, oder?«
»Nein«, antwortete Daniel, »ich bin aus Curuguazú. Woran haben Sie das erkannt?«
»Am Akzent. Und an deinem Husten habe ich erkannt, dass du ein junger Mann bist.«
»An meinem Husten?«
»Ja«, sagte der Blinde, »am Husten kann man viele Dinge erkennen: das Geschlecht, das Alter, ob derjenige dick oder dünn ist, ob er ängstlich, nervös oder krank ist, ob er raucht … Viele Dinge. Du, zum Beispiel, hustest etwas aufgeregt.«
»Ja, kann sein«, antwortete Daniel, »ich bin 'ne ganze Weile rumgeirrt, weil ich mich verlaufen hab … Da kommt der Bus.«
Daniel hielt ihn an und packte den Mann beim Arm, um ihm beim Einsteigen zu helfen. Er sah, wie der Blinde in der Luft umhertastete, bis er den Bus an der Seite zu fassen bekam. Neben dem Griff, in dem Geschmier über den Farb-

streifen, war der Abdruck seiner Hand zu sehen. Als sie eingestiegen waren, bedankte sich der Blinde bei Daniel und begann den Fahrgästen Nylonstrümpfe anzubieten. »Beste Qualität!«, rief er, »1A-Importware zu einem Preis, für den Sie solche Strümpfe in Geschäften nie bekommen würden.« Er nahm ein Paar aus dem Koffer, hängte es an den Haltegriffen an der Busdecke auf, zog die Beine in die Länge und stach mit einer Nadel hinein. »Überzeugen Sie sich selbst und sagen Sie mir – ich selbst kann es ja nicht sehen, ob der Strumpf eine Laufmasche hat oder kaputt ist. Überzeugen Sie sich selbst, dass dieser Strumpf den Qualitätstest besteht.« Er ging durch den ganzen Bus, ohne dass ihm jemand etwas abkaufte. »Hier vielleicht jemand?«, fragte er, kam wieder nach vorne und tastete nach seinem Koffer, um auszusteigen.

Daniel setzte sich auf einen der Doppelsitze am Gang neben eine kräftige Frau. Er war müde. Wenn er für die Nacht, die ihm bevorstand, fit sein wollte, musste er einige Stunden schlafen. Vorher würde er aus einer öffentlichen Telefonzelle in der Nähe von Ramiro seinen Bruder anrufen, um Bescheid zu sagen, dass es ihm gut ging. Immer mehr Leute stiegen ein, nahmen die wenigen Plätze in Beschlag, die noch frei waren, und stellten sich dicht nebeneinander in den Gang. Es war warm. Daniel versuchte, mit seinem Oberschenkel nicht das Bein seiner Sitznachbarin zu berühren. An seiner linken Schulter spürte er etwas Weiches, vielleicht den Bauch einer Frau, die eingeklemmt in dem Gedränge stand. Direkt vor ihm reckte ein Mann seinen Arm nach dem Haltegriff an der Decke. Daniel konnte die grauen Adern, die

Knöchel und die langen Nägel sehen. Ein Mädchen, das vor ihm saß, hatte schwarze glänzende Haare, die über die Rückenlehne fielen. Daniel beobachtete, wie der Kopf des Jungen mit den riesigen roten Ohren neben ihr, der eingenickt war, immer wieder auf ihre Schulter fiel. Er fühlte sich eingesperrt in diesem ganzen Durcheinander von Gliedmaßen und dem Schweiß, der in der Luft hing. Ihm fiel auf, dass niemand sprach, dass die Leute ihre Körper schweigend aneinander drängten. Er blickte nach draußen und wartete darauf, dass irgendwann die wenigen Straßen, die er kannte, vorüberzogen, aber der Bus fuhr durch immer engere und dunklere Straßen, berührte dabei fast die voll gestopften Schaufenster und Preistafeln der Geschäfte, so dass die Fußgänger sich gegen die Häuserwände drücken mussten – es war, als würde der Bus sich seinen Weg durch einen immer enger werdenden Gang bahnen, immer weiter vom Licht entfernt, als hätte das Passieren so vieler Autos und Menschen im Lauf der Jahre die Straßen zwischen den niedrigen Fassaden abgetragen, überall Schlaglöcher und Spalten entstehen lassen, so dass die Häuser langsam höher wirkten als die Gebäude im Zentrum.

13

Sie küssten sich auf dem Bett, aber er musste unaufhörlich nach rechts und links sehen, weil er sich beobachtet fühlte. Die Wände waren aus Pappe, schlecht isoliert und mit ein paar Baumwolltüchern behängt, denen der Wind so sehr zugesetzt hatte, dass sie sich abgelöst hatten. Sie wartete mit geschlossenen Augen darauf, dass er sie weiterküsste, aber er wurde sich bewusst, dass das Bett mitten auf der Straße – auf dem Asphalt – stand, am helllichten Tag. Leute gingen daran vorbei, Frauen, die in Eile waren, Männer in grauen Anzügen. Sie kauerte sich zusammen, um zu schlafen, beschwerte sich, dass er sie nicht mehr küsste. Ein Mann im Regenmantel hatte sich auf den Bettrand gesetzt, um eine Zigarette zu rauchen, ein anderer lief einfach über die weißen Laken. Wenn die Busse an der Straßenecke abbogen, streiften sie fast das Kopfende des Bettes und versetzten ihm einen kleinen Schlag mit der Stoßstange. Ein Auto bremste einige Zentimeter vor Daniels Kopf und begann zu hupen. Der Junge wachte auf. Er sah auf die Uhr. Es war halb zehn am Abend.

Als er am Nachmittag zu Ramiro gekommen war, hatte er sich zum Schlafen auf die Matratze fallen lassen, die man ihm ins Wohnzimmer gelegt hatte, ohne seinen Bruder zu benachrichtigen oder Sofía anzurufen, um ihr zu sagen, dass er die Verabredung nicht einhalten konnte. Die faule Ausrede, die er ihr hätte präsentieren können, wollte er lieber noch etwas hinausschieben.

Er hatte Zeit, sich zu baden und zu rasieren. Um zehn Uhr dachte er an Sofía, die bereits auf ihn wartete, und fühlte sich schlecht. Um halb elf saß er bereits in seinem neuen Hemd, der sauberen Hose, die Kondome in der Tasche, im 37er Bus und klapperte, an plötzlichem Schüttelfrost leidend, mit den frisch geputzten Zähnen. Seine widerspenstigen Haare, die noch feucht waren, hatte er zur Seite gekämmt – hätte seine Großmutter ihn so gesehen, sie wäre entzückt gewesen.

Der Bus bog in die Avenida Las Heras ab, noch ein paar Straßen, und er war da. Wieder krampfte sich Daniels Magen vor Angst zusammen. Sollte er doch weiterfahren, beim Botanischen Garten aussteigen, Sofía wegen der Verspätung um Verzeihung bitten und bei ihr bleiben? Was dann jedoch folgen würde, erschreckte ihn nicht weniger als das, was er mit Sabrina Love tun musste. Das Treffen mit ihr war zu einer Pflicht geworden, die er sich auferlegt hatte, etwas, das geschehen musste, egal wie es ausgehen würde, womöglich nur, um sich später daran zu erinnern oder um sich nicht selbst zu betrügen, um jenen Daniel nicht zu enttäuschen, der sich so sehnlichst gewünscht hatte, mit dieser Frau zusammen zu sein.

Daniel stieg in der Calle Azcuénaga aus. Er musste mehrmals nachfragen und eine Weile suchen, bis er einen Blumenstand gefunden hatte, der um diese Uhrzeit noch offen war.

Schließlich kaufte er einen Strauß Freesien und legte den Weg zum Hotel Keops mit einem inneren Widerwillen zurück, als ob er seiner eigenen Hinrichtung entgegenliefe. Er sah die Engel und die schwarzen Kuppeln hinter den Mauern des Friedhofs, die sich gegen den gelblichen Himmel abzeichneten. Als er zum Hotel kam, blickte er auf die Uhr. Er war zu früh dran, trat aber trotzdem ein. Vor dem kleinen Fenster der Rezeption stand ein Paar, das sich nach einem Zimmer erkundigte. Als die beiden gegangen waren, wiederholte sich mit dem Herrn an der Rezeption die Szene vom Samstag. »Was suchst du, Junge?«

»Ich bin der Gewinner der Verlosung von Sabrina Love.«

Wieder ließ sich der Mann seinen Ausweis zeigen, führte ein Telefonat, und sagte Daniel, er solle warten, bis jemand von der Redaktion herunterkäme. Der Junge nahm seinen Ausweis hastig an sich und war erleichtert, dass der Rezeptionist sein Alter nicht bemerkt hatte. Nach qualvollen Minuten des Wartens erschien derselbe Typ im senffarbenen Anzug mit den hochgekrempelten Ärmeln …

»Heute ist dein Tag, Gewinner!«, begrüßte er Daniel und gab ihm einen Klaps auf die Backe. »Schön rausgeputzt und mit Blumen in der Hand, so lob ich mir das. Komm mit.«

Schweigend liefen sie über die Flure, deren Wände orangefarben tapeziert waren, und traten in einen Lift. Der Mann drückte den Knopf zum vierten Stock und begutachtete sich, wobei er den Kopf von einer Seite zur anderen drehte, im Spiegel. Er nahm eine Tube Gel aus der Tasche seines Sakkos, drückte sich etwas davon in die Hand und fuhr sich mit kurzen Bewegungen durchs Haar. Danach warf er den Kopf zurück, blickte zu Daniel hinüber und rückte sich rasch den Kragen zurecht. Der Lift hielt, und sie traten auf einen Flur hinaus.

»Sabrina ist noch in dem Zimmer, wo sie drehen. Wir warten hier auf sie. Dein Name war Daniel, oder?«

»Ja.«

»Ich bin Leonardo.«

Sie gingen zu einem Zimmer, dessen Tür offen war, blieben davor stehen und sahen dem Kommen und Gehen der Männer mit ihren Filmausrüstungen zu. Von weitem erkannte Daniel den Whirlpool und das Bett, das in der Show zu sehen war, aber alles kam ihm viel kleiner und enger vor. Aus dem Zimmer war ein Streit zu hören. Eine Frau in einem leuchtend blauen, hautengen Plastikkleid kam ihnen entgegen. Leonardo grüßte sie, doch die Frau ignorierte ihn und lief einfach weiter. Sie blickten ihr hinterher.

»Das ist Barbara, die in ›Die ideale Unterlage‹ die Sekretärin spielt«, erklärte Leonardo.

»Und die Krankenschwester in ›Die heiße Klinik‹«, ergänzte Daniel, »aber ich hab sie auch in ›Gefährtinnen der Lust‹ gesehen; sie heißt Barbara Smith, und war in der Augustausgabe des Playboy.«

»Mensch, du wirst ja weiß wie die Wand. Nur ruhig Blut, Junge. Ist dir nicht gut?«, fragte ihn Leonardo.

»Nein, nein, alles in Ordnung.«

»Atme mal tief durch.«

Daniel atmete tief durch. Das Streitgespräch, das aus dem Zimmer drang, wurde nun lauter – ein Mann und eine Frau begannen sich anzuschreien. Daniel erkannte die raue Stimme des Mannes, mit dem er beim ersten Mal am Telefon gesprochen hatte; auch die Frauenstimme kam ihm vertraut vor, sie klang wie die von Sabrina Love, nur weniger sinnlich und viel schriller. Die Streitenden näherten sich nun der Tür. Ein Mann mit Krötengesicht und Goldkettchen, eine Havanna im Mund, trat heraus und sagte mit seiner groben Stimme: »Gut, Mädchen, dann machen wir die Szene eben mit einem Typ weniger, kein Grund, die Nerven zu verlieren. Für mich kommt es billiger so, und wenn du nicht auf Sandwich stehst, lassen wir's eben weg. Punkt.«

»Bianchi, das ist Daniel, der Gewinner der Verlosung«, sagte Leonardo.

»Sehr schön«, antwortete Bianchi und sah Daniel an. »Bist du dir sicher, dass du schon volljährig bist?«

»Ja.«

»Gut, da kommt Sabrina, red ein bisschen mit ihr, sie ist mit den Nerven ziemlich am Ende und hat sich schon abgeschminkt. Mensch, Junge, man könnte meinen, du würdest gleich einen Kopf kürzer gemacht«, sagte Bianchi und ging rauchend weiter.

Sie warteten.

»Da kommt Sabrina«, sagte Leonardo.

»Wie sehe ich aus?«, fragte Daniel ihn.

»Umwerfend, aber hör mit dem Gebibbere auf.«

Kurz darauf erschien Sabrina Love in einem himmelblauen Morgenmantel mit zusammengebundenen Haaren, barfuß und mit vom Weinen verlaufener Wimperntusche.

»Sabrina?«, sprach Leonardo sie an.

»Was ist?«, fragte sie im Vorbeigehen.

»Das ist Daniel, der Gewinner der Verlosung.«
Sabrina Love drehte sich um und sah Daniel an; sie wirkte, als hätte sie ein starkes Schlafmittel genommen.
»Ach, mein Lieber, heute nicht, weißt du, ich bin todmüde, komm lieber morgen wieder«, sagte sie und ging weiter.
Daniel blieb wie versteinert stehen, die Blumen noch in der erhobenen Hand. Er sah zu, wie Sabrina sich entfernte. Dann schluckte er und nahm all seinen Mut zusammen. Als er sie ansprach, klang seine Stimme, als würde er sie zum ersten Mal in seinem Leben benutzen, anfangs völlig verzerrt und hoch, und im Lauf des Satzes wurde es nur noch schlimmer.
»Es ist nur, weil ... weil ich über fünfhundert Kilometer unterwegs war, um dich zu sehen; ich bin getrampt, gelaufen, mit der Fähre, im Lastwagen, Auto und Bus gefahren – alles, um am Samstag hier zu sein, aber als ich dann da war, hattest du keine Zeit, und die haben mir gesagt, ich soll heute wiederkommen, also hab ich zwei Tage gewartet, und hier bin ich. Ich habe dir Blumen mitgebracht.«
Sabrina Love hatte sich umgedreht. Daniel ging auf sie zu und überreichte ihr die Blumen.
»Mein Süßer«, sagte sie und nahm die Blumen gerührt entgegen. »Sie sind wunderschön.« Sie griff nach seiner Hand, sagte »komm mit« und führte ihn durch den Flur.
Aus einem Zimmer trat eine große, kräftige Frau im Bikini mit einem riesigen Hintern. Die beiden begrüßten sich.
»Sabri, weißt du, dass nach meinem Auftritt am Samstag, also bis heute, schon elf Typen da waren?«
»Marcelo hat es mir gerade erzählt, und ich hab gedacht:

›Elf? Wie wird es jetzt wohl der armen Muschi von Denise gehen?‹«
»Ich sage dir, noch zwei Wochenenden wie dieses, und ich hab das Geld für ein Auto zusammen. Und wie geht es dir?«
»Ziemlich müde, aber stell dir vor, das hier ist der Gewinner von der Verlosung«, antwortete Sabrina.
»Was für ein Glückspilz! Wie heißt du?«, fragte Denise.
»Daniel.«
»Was für ein schöner Name«, sagte sie und kniff ihm ins Kinn.
Ein weißhaariger Mann kam über den Flur gelaufen, überraschte Denise von hinten und umfasste ihre Pobacken mit beiden Händen. Sie stieß einen gespielt überraschten Schrei aus. »Bist du verrückt, Beto?« Der Weißhaarige befühlte ihren Po, als würde er ihn abmessen, schloss genießerisch die Augen und rief aus: »Menschenskind, wie riesig ist doch mein Vaterland.« Unter schallendem Gelächter liefen die beiden über den Flur, während der Weißhaarige Denise immer wieder in den Po kniff.
Sabrina führte Daniel zu einer Tür mit der Nummer neun, und sie betraten das dunkle Zimmer, in dem es nach abgestandener Luft roch. Die junge Frau knipste einige Lampen an – man merkte, dass sie sich gut mit den Schaltern auskannte. Ein grünlicher Halbschatten legte sich über die Zimmerhälfte, in der sich ein riesiges Bett, einige Stühle und eine Bar befanden. Sie setzte sich auf die Bettkante und öffnete ihr Haar und ihren Morgenrock. Daniel konnte ihre Brüste, das Schamhaar und ihre bronzefarbenen Beine sehen.

»Komm her, mein Liebling«, sagte sie.
Daniel näherte sich ihr. Sie umfasste seine Taille und begann, seine Kleidung aufzuknöpfen. Als sie ihm das Hemd auszog, legte sie ihre Hand auf sein Herz.
»Ja, was ist denn hier drinnen los?«
»Ein Erdbeben«, antwortete Daniel.
Sie knöpfte ihm die Hose auf und schob seine Unterhose nach unten. »Sieh mal einer an, die Flagge ist ja schon gehisst! So warst du also die ganze Reise über unterwegs?«
»Ab und zu.«
»Meinetwegen?«
»Ja.«
»Na schön, dann zieh dir das Kondom über.«
Daniel gehorchte. Als er aus dem Bad kam, lag Sabrina mit offenem Mund mitten auf dem Bett, als wäre sie eingeschlafen. Er näherte sich ihr langsam. Ihr Körper schien mit einem grünlichen Schimmer überzogen.
»Komm und leg dich auf mich«, sagte sie. Daniel gehorchte.
Sabrina hielt die Augen geschlossen. Er blieb niedergekniet vor ihr sitzen und wusste nicht, ob er sie streicheln, küssen oder in sie eindringen sollte. Da öffnete Sabrina die Augen.
»Auf was wartest du?«, fragte sie.
»Ich weiß nicht, was ich, was ich tun, ähm, erstes Mal …«
»Du hast noch nie …?«, fragte sie überrascht und stützte sich auf die Ellbogen.
»Mit Frauen, nein.«
»Was heißt, ›mit Frauen, nein‹?«
»Ich meine, mit Frauen bin ich noch unerfahren, aber nicht mit Hühnern oder Schafen.«

»Mit Schafen?«

»Meine Cousins auf dem Land haben mich dazu gezwungen.«

»Was für widerliche Kerle! Kein Wunder, dass die Männer uns Frauen wie Tiere behandeln, wenn sie sich selbst wie Tiere benehmen! Na gut, mein jungfräulicher Liebling, ich gackere zwar nicht oder mache mäh mäh, aber irgendetwas wird sich schon tun; komm hier rüber, leg dich auf mich und gib mir einen Kuss.«

Daniel tat, wie ihm geheißen, ohne zu wissen, wohin er mit seinen Ellbogen und Knien sollte, um Sabrina nicht platt zu drücken. Er spürte, wie sie ihre Beine öffnete, und versuchte sich auf den Kuss zu konzentrieren. Plötzlich merkte er, dass sie ihm mit der geübten Bewegung eines Profis geholfen hatte, alles an Ort und Stelle zu platzieren – und jetzt befand er sich wirklich und wahrhaftig in Sabrina Love. Am liebsten hätte er nachgesehen, um sich zu vergewissern, dass er sich nicht irrte, aber Sabrina begann zu stöhnen und ihren Körper gegen seinen zu pressen. Daniel begann die obligatorischen Beckenbewegungen auszuführen, während er von Sabrina nur ein Ohr und ihren dunklen Haaransatz im Nacken sah. Obwohl er nicht genau nachvollziehen konnte, was da etwas weiter unten passierte, ging er davon aus, dass er seine Sache ganz gut machte, da Sabrina nichts Gegenteiliges verlauten ließ. Er ergab sich diesem verwirrenden Taumel, versuchte aber trotzdem mitzukriegen, was sich da gerade zum ersten Mal in seinem Leben ereignete, um nicht völlig abzudriften. Sabrina, im Profil, gab ein monotones Stöhnen von sich und wirkte etwas abwesend. Bald spürte Daniel, dass ein gewaltiger Orgasmus im Anrollen war, und während einiger weniger Zuckungen verlor er fast den Verstand. Mitten in seinem wolllüstigen Erschaudern hörte er, wie Sabrina einen trockenen Hustenanfall bekam, der sich mit dem Keuchen vermischte, das er verschämt ausstieß.

Danach kehrte wieder Ruhe ein. Daniel hatte den Kopf noch immer in Sabrinas Haar verborgen, bis sie ihm einen Kuss auf die Wange gab und sagte: »Zieh dir das Kondom runter. Aber nicht ins Klo schmeißen, sonst kriegen wir noch Ärger.«

Daniel ging ins Bad. Aus dem Spiegel starrte ihm sein erhitztes Gesicht entgegen. Er war wie betäubt.

Als er aus dem Bad kam, sah er, dass Sabrina sich auf die Seite gerollt hatte und unter der Bettdecke eingeschlafen war. Er legte sich neben sie und jetzt, im Spiegel an der Decke, musste er schon wieder in sein Gesicht sehen, als ob es ihm nicht gelingen wollte, seinem eigenen unerfreulichen Anblick zu entkommen. Seine Augen funkelten ihm verstört entgegen, als wollten sie ihm sagen, dass er sein Ziel erreicht und mit Sabrina Love geschlafen hatte, dass er erleichtert war, die Sache hinter sich gebracht zu haben, es jedoch eine bittere Enttäuschung gewesen war. Dafür die ganze Reise? Das Einzige, was ihm wirklich gefallen hatte, war der Moment gewesen, als Sabrina den Morgenmantel und ihre Haare geöffnet hatte. Was das Übrige betraf, hatte er den Eindruck gehabt, zu sehr an ihr geklebt zu haben – er, der davon geträumt hatte, die Pornoqueen in den unzähligen wolllüstigen Stellungen ihres Repertoires hautnah zu erleben, hatte von ihr nicht mehr als den Hals und ein Ohr zu sehen bekommen, so als hätte er sie aus dem Blickfeld verloren – wie jemand, der sein ganzes Leben lang darauf gewartet hat, eine Landschaft zu sehen, und der, einmal dort angekommen, nicht mehr als ein Stück Wiese zu Gesicht bekommt. Alles war anders verlaufen, als er es sich ausgemalt hatte: wie sich der Geschlechtsakt angefühlt und wie lange er gedauert hatte, Sabrina Love, die ihm kleiner und weniger ekstatisch erschienen war, mit ungeschminktem Gesicht und ohne Reizwäsche. Sie hatte auch nicht wie in ihren Filmen dreimal die Stellung gewechselt und ihn während des Orgasmus angefleht, nicht aufzuhören – und jetzt war sie eingeschlafen und hatte ihn vergessen.

Er betrachtete sie. Von der Frau seiner Träume war kaum mehr als ein Büschel verwuschelter, blondierter Haare zu erkennen, das unter der Bettdecke hervorlugte. Daniel stellte sich vor, wer diese Frau wohl mit natürlicher Haarfarbe und echtem Namen war, wie sie zum Einkaufen ging, vielleicht mit ihrem Mann und den Kindern. Sie hatte ihm den Rücken zugedreht. Er war kein bisschen müde.

Nachdem er eine Weile über seine Enttäuschung nachgegrübelt hatte, bemerkte er, dass sich neben dem Kopfende des Bettes eine Tischplatte mit Knöpfen befand; er begann, einige zu drücken, und entdeckte, dass sich damit verschiedene Beleuchtungen in unterschiedlichen Farbtönen einstellen ließen. Plötzlich ging ein Fernseher an, der in die Wand eingebaut war. Hastig drosselte er die Lautstärke, um Sabrina nicht aufzuwecken. Dann zappte er durch die Programme und war überrascht, als er auf einen Pornofilm stieß, in dem eine Blondine gerade einen Mann mit Sonnenbrille hinge-

bungsvoll mit der Zunge verwöhnte. In der folgenden Großaufnahme erkannte er, dass es Sabrina Love war, und zwar, wie er dachte, ›die Echte‹. Die beiden trieben es auf der Treppe miteinander, zuerst von vorn, dann von hinten gegen das Treppengeländer, anschließend ritt Sabrina auf ihm. Daniel verglich dies mit seiner Darbietung und fühlte sich schrecklich minderwertig.
Einen Moment lang schreckte Sabrina hoch, vom flackernden Licht des Fernsehers im Schlaf gestört.
»Was siehst du dir an?«
»Einen Film von dir.«
»Wie herrlich. Aber danach machst du den Fernseher aus, okay, du Schlingel?«, sagte sie mit einem müden Murmeln und schlief weiter.

14

Als der Film vorbei war, schaltete Daniel den Fernseher und das Licht aus und blieb auf dem Rücken im Dunkeln liegen, während die letzten Bilder noch auf seiner Netzhaut tanzten. Er dachte, es könne noch nicht sehr spät sein, trotzdem hätte er gerne versucht, ein wenig zu schlafen, auch wenn es nur ein Nickerchen wäre. Er wusste nicht, ob er zu einer bestimmten Uhrzeit zu gehen hatte oder bis zum Morgen schlafen durfte.

Sabrina hustete wieder, und einen winzigen Augenblick lang war dieses trockene Geräusch das Einzige, das in der Dunkelheit existierte. Daniel erinnerte sich an den Blinden, dem er im Stadtzentrum geholfen hatte. Was würde er in Sabrinas Husten hören? Müdigkeit vielleicht. Würde er heraushören können, wie schön sie war? Gut möglich, wenn er sie berühren dürfte. Daniel erinnerte sich daran, wie der Mann nach dem Bus getastet hatte, als würde er sich im Dunkeln durch ein Haus vorwärts bewegen. Er erinnerte sich an den Abdruck, den die Hand des Mannes hinterlassen hatte, als er im Bus nach dem Griff gesucht hatte. Der Bus hatte für den Blinden erst in dem Moment existiert, als er ihn zu fassen bekommen hatte. Daniel drehte sich auf die Seite und tastete nach dem Rücken von Sabrina; er bemerkte, dass sie das Betttuch bis zum Fußende hinuntergeschoben hatte. Mit der Handfläche fuhr er ihren Rücken, ihre Schultern und ihren Unterarm entlang; er verweilte in den Kurven ihrer Hüften, und zog immer wieder die weiche, gebogene Linie bis zur Taille nach. Dann rückte er etwas näher an sie heran, völlig versunken in die neue Erfahrung, eine nackte Frau sanft zu berühren. Er strich über ihre Oberschenkel und bemerkte, auf welch delikate Weise seine Hand schließlich zur Hüfte gelangte, so als wären »Oberschenkel« und »Hüften« ein und dasselbe süße Wort, von hier aus forschte er weiter bis zu den Schultern und dem Nacken, strich ihr über die Haare, suchte nach ihren weichen Brüsten, die halb verborgen und von den Armen zusammengepresst waren, ließ seine Daumen über die Knospen gleiten und konnte die Brustwarzen spüren, das ruhige Klopfen ihres Herzens, den Bauch, die Elektrizität ihres Schamhaars. Nach und nach nahm er Sabrina Love auf eine völlig neue Art wahr, die er nie für möglich gehalten hätte. Das Gefühl, das er dabei empfand, war so ganz anders als beim Betrachten, das fand nur in seinem Kopf, hinter den Augen statt – wie es auch bei Bildern der Fall war, die man in den Träumen sah. Eine Berührung dagegen schien außerhalb des Kopfes stattzufinden und ließ dadurch die Frau genauso real werden, wie er selbst es war, mit einer Existenz, die der eigenen fremd war, die sich außerhalb seines Körpers, von ihm entfernt befand, die dort schlafend atmete und vielleicht aus der Ferne im Schlaf Daniels Liebkosungen spürte, der nun die verschiedenen Temperaturen auf jedem Zentimeter ihrer Haut erforschte, die Kühle ihrer runden Pobacken, die laue Wärme ihres Nackens, die Art und Weise, in der das Harte und das Weiche die Gegenwart der Knochen oder des entspannten Fleisches ahnen ließ. Daniel begehrte Sabrina nun mit einem neuen Verlangen, das er zügeln musste, um sie nicht zu wecken. Er drehte sich wieder auf den Rücken und legte eine Hand auf ihre Hüfte, als wollte er sich vergewissern, dass sie noch immer an seiner Seite lag, »wie der Blinde, der die Dinge berührt«, dachte er und erinnerte sich daran, wie der dicke Carboni ihm, als wäre es eine Art Prophezeiung, gesagt hatte: »Du wirst noch blind werden, Junge.« Er öffnete die Augen, schloss sie jedoch wieder, weil es sowieso keinen Unterschied machte. Er blieb reglos liegen, ruhte in der erstaunlichen Erkenntnis, dass sich die ganze Welt im Nichts der Dunkelheit offenbaren konnte, bis er sachte in den Schlaf hinüberglitt, für immer geblendet vom Leuchten der Berührung.

15

Einen Moment lang wusste er nicht, wo er war. Das Geräusch des Wassers und das Morgenlicht hatten das Zimmer verändert. Er sah Einzelheiten, die im Dunkel der Nacht verborgen geblieben waren: einige Bilder mit kitschigen Abenddämmerungen, ein kleines Schwimmbecken aus Marmor mit einer römischen Statue in einer Mauernische, einen Katalog mit Erotik-Spielzeug, einige Vasen mit Plastikblumen darin (in eine hatte Sabrina seinen Strauß gestellt). Vom Bett aus konnte man durch ein großes rundes Fenster die Dusche sehen, in der die Pornoqueen sich gerade die Haare wusch. Daniel setzte sich aufs Bett, um sie zu betrachten. Die junge Frau gab ihm mit einem Zeichen zu verstehen, er solle mit ihr duschen.

Daniel erhob sich schlaftrunken und stellte sich unter das warme Wasser. Er seifte sich ein, während Sabrina sich, nach vorne gebeugt, das Haar ausspülte; der Wasserstrahl, der sich dabei bildete, glich einem Lichtstrahl. Als sie fertig war, fuhr Sabrina ihm mit einem Schwamm über den Körper, über seine Arme, den Rücken, den kräftigen braunen Oberkörper, der noch unbehaart war, sie ging in die Knie, wusch ihm die Beine, die Pobacken, seifte sanft seine Erektion und seine

Hoden ein. Nachdem sie das Wasser noch eine Weile hatte laufen lassen, wies sie Daniel an, er solle die Hähne zudrehen, und unter den letzten kalten Tropfen, als wollte sie etwas ganz langsam genießen, nahm sie sein Geschlecht in den Mund. Daniel musste sich gegen die Fliesen lehnen: Die Lust und die bloße Vorstellung, was ihm da gerade widerfuhr, vermischten sich und lösten eine leichte Übelkeit in ihm aus. Als sich seine Erregung immer mehr steigerte und sein Atem stoßweise ging, hielt sie inne, sagte ihm, er solle warten, und schlenderte zum Bett hinüber, wo er sie sehen konnte, drehte ihm den Rücken zu und beugte sich langsam immer weiter nach vorne, bis sie mit den Knien den Teppich berührte und ihre bronzenen Pobacken zur Schau stellte. Durch die feuchte Scheibe der Duschkabine konnte Daniel erkennen, dass sie eine Hand auf ihren Bauch legte, und danach sah er, wie ihre Finger zwischen ihren Beinen erschienen, wo sie die rosaroten Schamlippen liebkosten. Eine ganze Weile ließ Sabrina ihn dort hinter der Scheibe stehen, bis sie ihn aufforderte, herüberzukommen und in sie einzudringen. Daniel näherte sich ihr und nahm sie in aller Ruhe, so wie sie es ihm gesagt hatte. Sie bestand auf einem langsamen Rhythmus, er griff nach ihren Pobacken, sah zu, wie sein Penis in ihrer feuchten Scheide verschwand, beobachtete, wie ihre Brüste von ihrem Körper gegen das Bett gepresst wurden, sah die Linie auf ihrem Rücken, ihr Profil mit den geschlossenen Augen und dem geöffneten Mund, als würden ihre Lippen vor Lust verbrennen. Vor den letzten Stößen bat sie Daniel, sich rücklings aufs Bett zu legen, und setzte sich mitten auf ihn. Während sie langsam auf ihm ritt, bot sie ihm ihre vollen Brüste dar. Mit den ersten Zuckungen des Orgasmus vermochte Daniel noch sein Bild in dem wolkenlosen Himmel zu erkennen, als würde er über dem Boden schweben. Danach schloss er die Augen und spürte, wie sie beide ins Wasser des Spiegels fielen.

16

Sie unterhielten sich, während sie auf dem Bett lagen und einander im Spiegel an der Decke ansahen. Sabrinas Haare waren auf dem Kopfkissen ausgebreitet. Daniel musste sich zwingen, seinen nackten Körper nicht beschämt zuzudecken.

»Jetzt bist du ein richtiger Mann«, sagte Sabrina zu ihm. »Du bist es bei Frauen, bei Hühnern und bei Schafen. Nur was Elefanten angeht, bist du es immer noch nicht.«

Daniel lachte.

»Das gilt für alle Männer, wenn es um Elefanten geht.«

»Das glaubst du doch selbst nicht. Beim Karneval in Brasilien schrecken sie doch vor nichts zurück …«

»In Brasilien gibt es keine Elefanten«, sagte Daniel.

»Woher willst du denn wissen, dass es dort keine Elefanten gibt, wenn es einen Urwald gibt? Ist da nicht der Amazonas? Wo ein Urwald ist, da sind auch Elefanten«, sagte sie.

»Was hat das denn damit zu tun?«, fragte er.

»Wie ›was hat das denn damit zu tun?‹ Gestern wusste der Herr noch nicht, wie man vögelt, und nun hat er plötzlich die Weisheit mit Löffeln gefressen. Am besten, wir bestellen jetzt ein Frühstück. Was möchtest du?«

»Muss ich es zahlen?«
»Nein, alles im Hauptgewinn inbegriffen – ›Sabrina inklusive Frühstück‹.«
Eine Weile später saßen sie am Bettrand, vor sich einen Servierwagen mit Croissants, Kaffee und Orangensaft.
»Du hast Glück gehabt«, sagte Sabrina, »die Produzenten wollten erst den Gewinner der Verlosung am Ende der letzten Show zeigen. Sie wollten filmen, wie ich Arm in Arm mit ihm über den Flur bis zur Zimmertür laufe. Du wärst im ganzen Land im Fernsehen zu sehen gewesen.«
»Und dann?«
»Es ist ihnen klar geworden, dass alles streng vertraulich ablaufen musste, damit die Anrufer sichergehen konnten, dass sie sich keine Scherereien einhandeln. Und sie hatten Recht, denn am Ende haben unwahrscheinlich viele Leute angerufen.«
»Haben sie viel Geld gemacht?«
»Ja.«
»Du auch?«
»Nein, mir zahlen sie zwar eine ganze Stange mehr als vorher, aber so viel nun auch wieder nicht«, sagte Sabrina und schenkte Kaffee in zwei Tassen ein.
»Und wie ist es, in den Filmen mitzuspielen?«
»Man gewöhnt sich dran.«
»Aber macht es dich an, wenn sie dich filmen?«
»Ist das ein Verhör?«, fragte Sabrina.
»Entschuldige.«
»Jetzt bin ich an der Reihe mit Fragen. Woher kommst du?«
»Aus Curuguazú, Entre Rios.«

»Und was machst du in Curuguazú?«
»Ich bin mit der Schule fertig und arbeite jetzt in 'nem Kühlhaus.«
»Und wie war das mit der Reise hierher, was du mir gestern auf dem Flur erzählt hast?«
Daniel berichtete ihr kurz von der Hinfahrt.
»Wissen deine Eltern, dass du hier bist?«
»Nein … Na ja, eigentlich schon«, antwortete Daniel und blickte zur Seite. »Sie glauben, ich bin hierher gekommen, um die Stadt zu erkunden und eine Besichtigungstour zu machen.«
»Wenn ich eine Stadt wäre, dann würde das ja auch durchaus zutreffen, letzte Nacht hast du mich ja Zentimeter für Zentimeter erkundet.«
»Ich dachte, du würdest schlafen«, sagte Daniel.
»Du brauchst nicht rot zu werden, es hat mir gefallen. Du warst so zärtlich. Du kannst dir ja nicht vorstellen, wie brutal manche Typen sind.«
»Und wie ist es gekommen, dass du hier arbeitest?«
»Du stellst jetzt genau dieselben Fragen wie neugierige Freier. ›Wie kommt es, dass du hier zu arbeiten angefangen hast?‹, ›Wie ist dein richtiger Name?‹, ›Hast du Orgasmen?‹. Eine Freundin von mir aus Uruguay hat sich irgendwann mal Antworten ausgedacht, weil sie gemerkt hat, dass die Freier gern dramatische Geschichten hören. Sie heißt Cindy. Und zwar wirklich, ich hab' ihren Pass gesehen. Sie hat mir die Wahrheit gesagt: Sie hat angefangen in dem Metier zu arbeiten, weil sie damit gutes Geld macht und weil die Typen sie nicht anekeln, hat sie kein Problem damit. Aber wenn die Freier ihr

die typischen Fragen stellen, erzählt sie ihnen, dass sie eigentlich María de los Milagros heißt und angefangen hat, auf den Strich zu gehen, weil ihr Vater sie mit dreizehn Jahren vergewaltigt hat. Sie hat es mit der Wahrheit und den Lügen ausprobiert und festgestellt, dass den Typen die Geschichte von María de los Milagros und dem misshandelten Mädchen besser gefallen hat; es ist ihr immer so vorgekommen, als würden die Freier dadurch geiler und sie dann besser behandeln, wenn sie ihnen diese Geschichte erzählt.«

Jemand klopfte an die Tür. Sabrina ging nachsehen, wer es war, und Daniel hörte die polternde Stimme des Produzenten Bianchi: »Sei gefälligst bis zwölf fertig, wir fahren dann nach Ranelagh, Mädel.« Sabrina schloss die Tür und holte hinter der Theke der Bar eine riesige blaue Tasche hervor. Sie nahm einen Föhn heraus, ein Schminketui und verschiedene Flaschen.

»Was macht ihr in Ranelagh?«

»Wir drehen dort. In einem Landhaus, das man manchmal auch in den Filmen sieht.«

»Wo es einen Pool gibt?«

»Ja. Sie haben hinten im Haus ein Studio aufgebaut und drehen dort ›Mission: Ankoppelung‹. Der totale Schwachsinn. Ein Freund von Bianchi wollte dabei anscheinend für Spezialeffekte sorgen. Wir sind Astronautinnen, die seit Jahren im Weltraum unterwegs sind und ihr Raumschiff an das von ein paar männlichen Astronauten ankoppeln müssen, die auch seit Jahren durchs All schweben. Bianchi sagt, unser Raumschiff ist wie ein Ring, und das von den Astronauten wie ein gigantischer Vibrator gebaut. Ich hab noch nichts davon gesehen. Im Moment tun wir nichts anderes, als mit den Astronauten in grell beleuchteten Räumen zu vögeln.«

Sabrina machte sich die Haare erneut nass und kämmte sie unter dem Föhn vor dem Spiegel im Badezimmer. Daniel betrachtete sie. Wie sie so dastand, nackt, die Brüste nach vorne gereckt, den Körper gerade aufgerichtet, während die Haare in der warmen Luft nach hinten wirbelten, wirkte sie größer, hatte sie etwas Aerodynamisches, wie eine Galionsfigur am Bug eines Schiffes. Die Pornoqueen setzte sich aufs Bett und cremte ihre unendlich langen Beine ein.

»Warum bist du so ruhig?«

»Ich präge dich mir ein. Schließlich muss ich jetzt gehen und werd dich nie wiedersehen.«

»Du kannst mich doch im Kabelfernsehen sehen.«

»Das ist nicht dasselbe, denn da cremst du dich nicht ein oder unterhältst dich mit mir. Du bist ganz anders, wenn man dich persönlich kennen lernt.«

»Besser oder schlechter?«

»Viel besser, viel schöner, viel intelligenter und sympathischer.«

»Diesen Jungen werde ich nie vergessen. He, nächstes Jahr gibt es wieder 'nen Wettbewerb, da kannst du noch mal mitmachen.«

»Man gewinnt nie zweimal.«

»Schätzchen, ich bin eine Edelhure.«

»Was meinst du damit?«

»Eine besonders teure Prostituierte.«

»Aber du bist Schauspielerin und hast eine eigene Show im Fernsehen.«

»Und genau deswegen kann ich verlangen, was ich will. Ich schlafe nicht mit jedem x-beliebigen Typen. Nur manchmal, wenn einer bereit ist, meinen Preis zu zahlen.«

»Und wie viel verlangst du?«

»Viel.«

»Aber wie viel?«

»Egal. Du musst Mädels in deinem Alter kennen lernen. Du bist jung, du siehst gut aus, du kannst nicht mit Edelhuren rumziehen mit ... wie alt bist du eigentlich?«

»Achtzehn.«

»Wir Edelhuren sind für die Alten, für die Verheirateten«, sagte sie und verstrich schnell die Creme auf den Oberschenkeln. »Es laufen überall Mädchen in deinem Alter rum, die liebend gern mit Jungs schlafen, du musst ihnen nur das Gefühl geben, dass sie dir vertrauen können, und ihnen Blumen schenken. Du musst sie gut behandeln und nicht belügen, sie dürfen nicht denken, dass du gleich losziehst und alles deinen Kumpels erzählst.«

Daniel machte die Vorhänge auf. Von dort oben sah man auf den Friedhof von Recoleta, auf eine Unzahl von Kreuzen und Kuppeln unter dem wolkenverhangenen Himmel. Er dachte an Sofía, an ihre Theorie von Eros und dem Tod, und tastete nach dem Scheitel auf seinem Kopf.

»Macht es dir nichts aus, dass der Friedhof hier gleich gegenüber ist?«, fragte er Sabrina.

»Nein, mir nicht. Aber ich weiß, dass es Typen gibt, die schauen durch das Fenster hier und legen danach los wie die Verrückten. Der Ausblick turnt eben an. Scheinbar wird ihnen dann bewusst, dass man das Leben genießen muss, weil

es irgendwann mal endet. Einmal wollte mich so ein Typ zwischen den Grabsteinen vögeln, er hat behauptet, es gäbe einige Wege, wo stundenlang niemand vorbeikommt und niemand uns sehen könnte. Ich hab ihn zum Teufel gejagt.«
»Das war ein Nekrophiler.«
»Ein was?«, fragte Sabrina und stellte sich vor den Badezimmerspiegel, um sich zu schminken.
»Ein Nekrophiler«, wiederholte Daniel.
»Wo hast du denn das her?«
»Habe ich im Playboy gelesen.«
»Ah! Du bist also so ein Schlauberger, weil du immer den Playboy liest.«
»Da stehen zum Teil gute Artikel drin«, erwiderte Daniel. »Vor kurzem hat ein Typ über dich geschrieben.«
»Ach ja?«
»Sabrina Love, der strahlende Stern am Pornohimmel.«
»Und was hat er geschrieben?«
»Er hat geschrieben, ›wenn du dich ausziehst, entblößt du alle Frauen. Weil du zeigst‹ – wie war das noch mal? –, ›weil du die Herrlichkeit des ganzen weiblichen Geschlechts zeigst‹, so hat er es formuliert.«
»Was für ein Schwachsinn!«
»Hast du das denn nicht gelesen?«
»Jemand hat mir 'nen Teil davon vorgelesen. Dieser Typ kann sich ja nicht vorstellen, wie es ist, sich auszuziehen, umringt von Menschen und Scheinwerfern, mit einer Kamera im Gesicht und einer zwischen den Beinen.«
Daniel stellte sich hinter sie und beobachtete im Spiegel, wie seine Hände Sabrinas Brüste umfassten, während sie sich,

leicht nach vorne gebeugt, mit einem Pinsel über Wangen und Stirn fuhr.
»Wozu ist das?«, fragte Daniel.
»Das ist Puder, damit mein Gesicht im Scheinwerferlicht nicht glänzt.«
»Sonnst du dich in Ranelagh oben ohne?«
»Ja, woher weißt du das?«
»Weil du keine Bikinistreifen hast.«
»Sieh mal einer an, diesem Kerl entgeht aber auch gar nichts.«
Über Sabrinas Schulter hinweg verfolgte er weiterhin fasziniert das sorgfältige Schminkritual.
»Und das?«
»Etwas Rouge, um die Wangenknochen hervorzuheben. Dann Lidschatten für die Augen. Gib mir mal das Etui rüber.«
»Aber das ist hellblau«, sagte Daniel und verfolgte, wie nach und nach der härtere und provokativere Gesichtsausdruck von Sabrina Love entstand, den er aus dem Fernsehen kannte – ein Gesicht, das Sabrina in den verschiedenen Farbtiegelchen in ihrem Schminkkoffer aufbewahrte.
Daniel lehnte sich an die Pornoqueen, ohne ihre Brüste loszulassen, und spürte ihre kalten Pobacken.
»Ist das ein Bleistift?«
»Ein Kajalstift«, erwiderte sie und riss die Augen weit auf, um die Konturen nachzuzeichnen.
»Tut das nicht weh?«
»Nein.«
Es sah zu, wie sie sich die Wimpern mit einer speziellen Zan-

ge formte und anschließend mit chirurgischer Präzision Wimperntusche auftrug.
»Das betont deine Augen.«
»Genau das soll es auch«, erwiderte sie.
»Deine Augen sind zwei Morgensterne, die meinen Weg beleuchten.«
»… ›gestern Nacht hast du sie geschlossen und ich bin gegen eine Pinie gelaufen‹. Ich kenne das«, sagte sie.
Er sah, wie sie mit einem Lippenstift über ihren roten Mund fuhr und dabei die fleischigen Lippen leicht eindellte. »Was spüre ich denn da hinten? Etwa schon wieder?«, spottete sie und hob die Arme. »Ist das ein Überfall? Nehmen Sie alles mit, aber tun Sie mir nicht weh. Bitte nicht schießen.«
Daniel lachte.
»Also, ich muss mich jetzt anziehen«, sagte Sabrina.
Daniel wollte sie nicht loslassen und begann, sie auf den Hals zu küssen.
»Nein, nein, nein«, widersprach sie und machte sich frei, um ihre Tasche zu holen. »Ich muss mich jetzt anziehen und du auch.«
Daniel schlüpfte lustlos in seine Kleidung; er hatte das Gefühl, sobald er wieder in diese Hosen und Socken schlüpfte, wurde er erneut zu dem ängstlichen Anfänger, der er noch am Tag zuvor gewesen war. Sabrina zog sich ihre Schuhe, einen schwarzen Minirock und ein Top aus weißem Lycra an.
»Lässt du deine Sachen hier?«, fragte Daniel.
»Ich lass die große Tasche hier und nehme die kleine da mit.«
»Aber wo wohnst du?«

»Ein bisschen hier, ein bisschen im Landhaus und ein bisschen in meinem Appartement.« Sabrina stellte sich vor den Spiegel und zupfte ihre Kleidung zurecht.
»Wirst du dich an mich erinnern?«, fragte er sie.
»Und du dich an mich?«, fragte sie zurück und musterte ihn im Spiegel.
»Ja.«
»Ich mich auch«, sagte sie, kam auf ihn zu, und gab ihm einen Kuss. »Gehen wir?«
»Gehen wir.«
Sie traten auf den Flur hinaus und trafen Bianchi.
»Ah, ist der Kerl immer noch da?«, sagte er mit seiner Bass-Stimme. »Was für eine Nacht wirst du wohl verbracht haben, Kumpel? Weißt du eigentlich, was für ein Glück du gehabt hast?«
»Ja«, antwortete Daniel.
»Alle Männer in diesem Land möchten die Frau hier flachlegen.«
»Marcelo …«, sagte Sabrina.
»Was ist denn?«, rief Bianchi. »Ich sag' ihm das nur, damit ihm klar wird, dass ihm die Nacht einfach so in den Schoß gefallen ist, dass er dafür nicht zahlen muss – und dazu nicht mal im Fernsehen gezeigt wird. Bist du dir überhaupt darüber im Klaren?«
»Ja«, antwortete Daniel, »ganz bestimmt.«
»Warum kommst du nicht mit uns zum Landhaus?«, fragte Bianchi ihn. »Wir grillen, und danach kannst du uns beim Drehen zusehen. Die ganzen nackten Mädels laufen da rum. Wie im Paradies, sag ich dir.«

»Hör auf, Marcelo.«
»Du hältst dich da raus. Möchtest du mitkommen, Kumpel? Kein Problem. Heute Abend lassen wir ein Taxi kommen, das dich wieder in die Stadt zurückbringt.«
Daniel starrte den Mann an. Bianchi lächelte ihn mit seinem aufgedunsenen Gesicht, mit diesen zusammengekniffenen, hellgrünen Augen an. Er sah zu Sabrina hinüber, die ihm mit einem leichten Kopfschütteln andeutete, er solle das Angebot ablehnen.
»Ich sag's dir, so eine Gelegenheit kriegst du nicht noch mal.«
»Ich weiß nicht«, sagte Daniel. »Es ist nämlich so, dass ich nach Hause zurück muss.«
»Denk mal, was dir alles entgeht – Sonne, riesiger Swimmingpool, Bienen oben ohne, zwischendurch ein Quickie. Es gibt 'nen Haufen Zimmer dort.«
»Lass ihn gehen, Marcelo.«
»Ich hab gesagt, du sollst dich da raushalten. Was mischst du dich überhaupt ein?«
»Er ist noch ein Kind, Marcelo«, sagte Sabrina.
»Ja, ein Kind«, sagte Bianchi, »aber das Kind hat dich schließlich letzte Nacht gevögelt.«
»Geh, Daniel, sie werden dich beschwatzen, um dich zu filmen.«
»Und was ist daran so schlimm? Der Junge kann sich ein paar Kröten verdienen.«
»Ich würde gerne, aber es geht nicht. Trotzdem danke«, sagte Daniel und begann den Flur entlangzulaufen. Als er hörte, dass Sabrina und Bianchi miteinander stritten, drehte er sich

um. Bianchi hatte das Mädchen am Arm gepackt und beschimpfte sie. Sie schrie auf. Daniel lief zurück. Alles ging sehr schnell. Bianchi warf Sabrina auf den Boden, und der Junge beugte sich nach vorn, um ihr aufzuhelfen.

Dann trat der Mann ihm mit dem Knie ins Gesicht, woraufhin Daniel hintenüber fiel. Sabrina lag weinend auf dem Boden. Der Junge traute sich nicht, ihr aufzuhelfen.

»Verschwinde, du Saukerl!«, schrie Bianchi.

»Geh, Daniel, sonst wird alles nur noch schlimmer!«, rief Sabrina.

Daniel ging, eine Hand an der Wange, als wolle er den Schmerz packen und herausreißen. Als er im Aufzug stand, sah er im Spiegel den Ausdruck der Furcht in seinem Gesicht und den Schnitt über seiner rechten Augenbraue, aus der das Blut lief. Er trat auf die Straße hinaus, den seltsamen Geschmack nach Blut im Mund, betäubt und geblendet von der grellen Mittagssonne.

17

Er stand in der Hitze und dem Stra-ßenlärm an einer Straßenecke der Avenida Las Heras, ratlos, was er nun tun sollte. Zurück zu Ramiro gehen, zu Hause in Curuguazú anrufen oder in einer Bar auf die Toilette gehen, um sich zu waschen? Das ständige Gehupe und der Motorenlärm verwirrten ihn, als wollten sie ihn seine eigene Entscheidung nicht hören lassen. Er kam sich vor, als stehe er mitten in einer Spirale von Autos und Gebäuden, die sich ständig tobend um ihn drehte. Als er merkte, dass die Leute ihn musterten, suchte er nach einem Kiosk, wo er sich einen Geldschein in Kleingeld wechseln ließ. Der Verkäufer fragte ihn, ob alles mit ihm in Ordnung sei, und Daniel antwortete, er habe sich nur gestoßen und es sei alles okay. Vor der Telefonzelle fielen ihm alle Münzen runter, und er bückte sich, um sie aufzusammeln. Das Licht blendete ihn so sehr, dass er nur mit einem Auge sehen konnte, und so griff er nach den dunklen Kreisen, die er erkennen konnte, bis er schließlich etwas Feuchtes zwischen den Fingern spürte und merkte, dass einige der Kreise keine Geldstücke, sondern sein eigenes Blut waren, das auf das Straßenpflaster getropft war. Er richtete sich auf und fuhr mit dem Hemdsärmel über die Augenbraue, um die Stelle zu trocknen. Anschließend wählte er die Nummer seines Bruders in Curuguazú. Niemand antwortete. Daniel dachte, dass sein Bruder ihn garantiert gegen Bianchi verteidigt hätte, er hätte dem Krötengesicht ein paar Faustschläge versetzt, die sich gewaschen hatten – aber sein Bruder war weit weg. Er stellte sich vor, wie in der Mittagsstille auf dem Land nun das Telefon klingelte, das auf dem Tisch am Ende des Flurs stand, gegenüber von den Fußballflaggen und dem Bild seiner Eltern, auf dem sie sich im winterlichen Paraná umarmten. Er stützte den Kopf auf das Telefon und brach in Tränen aus.

»Was ist los mit dir, mein Junge?«

Daniel drehte sich herum und erblickte einen Mann mit Aktentasche unter dem Arm, der darauf wartete, dass das Telefon frei wurde. Daniel trocknete sich die Tränen mit dem anderen Ärmel und antwortete: »Nichts.«

»Da hast du dich aber böse verletzt, lass mal sehen.« Der Mann betrachtete den Schnitt aus der Nähe. »Das wirst du nähen lassen müssen. Hier in der Nähe ist das Krankenhaus Rivadavia. Komm mit.«

Daniel ließ sich führen. Der Mann hielt einen Bus an, half dem Jungen beim Einsteigen und rief vom Gehsteig zum Fahrer hinauf: »Sagen Sie ihm Bescheid, wenn Sie beim Krankenhaus Rivadavia vorbeikommen, damit er aussteigen und sich in der Notaufnahme versorgen lassen kann.«

Der Busfahrer verlangte kein Geld für den Fahrschein und sagte zu Daniel: »Es ist hier gleich um die Ecke.« Während der kurzen Fahrt bemerkte Daniel, dass die Fahrgäste ihn beeindruckt ansahen, danach stieg er an der Haltestelle gegen-

über des Krankenhauses aus, überquerte die Straße und ging zur Notaufnahme.
Auf ein paar langen Bänken saßen einige Mütter mit ihren weinenden Kindern, deren Geschrei wie ein Echo die gelbgestrichenen Wänden hoch bis zur Zimmerdecke kroch. Daniel musste nichts erklären. Als ihn eine der Krankenschwestern sah, die hinter einem Tisch bei der Aufnahme stand, führte sie ihn sofort durch eine Schwingtür und über einen Flur bis zu einem Zimmer mit einer Liege. »Leg dich hier hin, der Arzt kommt gleich«, sagte sie zu ihm. Sie nahm seine Personalien auf und ließ ihn allein.
Auf der einen Seite des Zimmers stand ein Schrank aus Metall, auf der anderen hing ein Sauerstoffschlauch. Die Krankenschwester kam mit einem Behälter mit Wasser und Mull zurück und bat Daniel, sich aufzusetzen. Vorsichtig reinigte und desinfizierte sie die Wunde. Daniel kam es so vor, als würde sie mit dem getrockneten Blut auch seine Furcht abwaschen. Als er das rechte Auge wieder öffnen konnte, sah er sie an. Nachdem er an diesem Morgen eine nackte Frau an seiner Seite gehabt hatte, kam es ihm vor, als könnte er mit Leichtigkeit ihren festen, wohlgeformten Körper unter dem Kittel erraten.
»Machst du gerade eine Röntgenaufnahme von mir?«, fragte sie ihn.
»Was?«
»Mit Röntgenstrahlen.«
»Ach so«, sagte Daniel.
»Dafür, dass du verletzt bist, machst du einen ganz gesunden Eindruck.«

»Sind Sie schon … schon lange Krankenschwester?«
»Seit neun Jahren.«
»Und wie alt sind Sie?«
»So was fragt man eine Frau nicht.«
Ein halblaut vor sich hin singender Arzt betrat das Zimmer, begrüßte Daniel und begann die Wunde zu betrachten.
»Hast du eine Schlägerei gehabt?«, fragte er.
»Ja. Ich habe einen Tritt ins Gesicht bekommen.«
»Und wie sieht der andere aus?«
»Unbeschadet.«
»Dann hast du dich also nicht geprügelt, sondern bist verprügelt worden. Ich mache ein paar Stiche, damit sich die Wunde schließt.«
Daniel sah zu, wie sie einen Faden und eine gebogene Nadel vorbereiteten, die wie ein Angelhaken aussah. Dann spürte er einige Stiche und ein leichtes Ziehen. Um zu überspielen, dass es ihm wehtat, fragte er: »Gibt das 'ne Narbe?«
»Eine leichte, ja, aber mach dir keine Sorgen, den Frauen gefallen Männer, die vom Leben gezeichnet sind. Ist es nicht so, Eugenia?«
Die Schwester lächelte.
Der Arzt begann zu singen: »Unheilbare Narben einer Wunde, die mir das Leben in seinem traurigen Kampf zugefügt hat …« Er suchte nach der Schere und schnitt die Enden des Fadens ab; dabei sang er, indem er die Stimme von Carlos Gardel imitierte: »Auch im Gesicht trage ich mit Stolz eine Erinnerung, die dir gehört und die ich wegen meiner Schmerzen trage.«
Daniel wurde bewusst, dass in dieser Narbe die Erinnerung

an seine Reise eingraviert war, dass er, wenn ihn später einmal jemand nach dem Ursprung dieser Narbe fragen würde, zwar irgendeine Story erzählen, innerlich aber an seine Nacht mit Sabrina Love denken würde.

»Das ist der vergnügteste Verletzte der Welt«, bemerkte die Krankenschwester.

»Er wird schon wissen, warum«, meinte der Arzt und presste eine Mullbinde über Daniels Augenbraue, die er mit einem Pflaster befestigte.

»So, Kollege, alles wieder in bester Ordnung. Wenn du morgen merkst, dass die Stelle trocken ist, nimmst du den Verband ab und wäschst dir das Blut mit Seife ab. Die Fäden lösen sich irgendwann von alleine auf.«

Daniel bedankte sich, verabschiedete sich vom Arzt und der Schwester und verließ das Krankenhaus, um erneut zu versuchen, seinen Bruder anzurufen.

Als er an einer Kreuzung warten musste, um die Straße zu überqueren, bemerkte er, wie ein Mann, der neben ihm stand, ihn verächtlich musterte. Der Kerl trug einen abgetragenen Anzug, der ihm zu klein geworden war, und hatte fettiges Haar.

»Worüber lachst du?«, fragte der Mann ihn plötzlich.

»Ich lach doch gar nicht«, erwiderte Daniel.

»Doch, du läufst mit 'nem Grinsen durch die Gegend. Weißt du nicht, dass man nicht einfach so rumlaufen darf, als wär alles bestens? Was glaubst du denn überhaupt, wer du bist?«

Der Mann packte ihn am Arm, doch Daniel konnte sich losreißen und lief davon. Einige Straßen weiter blieb er vor einer leeren Telefonzelle stehen. Er vergewisserte sich, dass der

Mann ihm nicht gefolgt war, und wählte die Nummer seines Bruders. Er musste es eine ganze Weile klingeln lassen, bis endlich jemand antwortete. Sein Bruder fragte ihn mit verschlafener Stimme, wo er überhaupt sei, und begann ihn zur Rede zu stellen, warum er sich nicht früher gemeldet habe. Er fuhr fort, ihre Schwester Viviana sei schon ganz verzweifelt und habe die Polizei benachrichtigen wollen; wie gefährlich es sei, dass die Großmutter allein zu Hause sei und dass sie ihr, um sie nicht zu beunruhigen, gesagt hätten, Daniel würde ein paar Tage bei einem Freund in Curuguazú übernachten. Außerdem seien einige Männer einer Firma für Kabelfernsehen gekommen und hätten den illegalen Anschluss gefunden, den Daniel gelegt hätte, und mit einer Anzeige gedroht. Den Jungen konnte all dies nicht beunruhigen, er war glücklich, mit seinem Bruder sprechen zu können; während er zuhörte, wie der sich entrüstet seinen Unmut von der Seele redete, sah er dem Treiben auf der Straße zu: Die Leute kamen aus dem Supermarkt, ein Verkrüppelter verkaufte an einer Ampel Kugelschreiber, ein Hunde-Ausführer lief vorbei, ein Kellner mit einem Tablett voller Kaffeetassen in der Hand überquerte die Straße und wich dabei dem Verkehr aus. Sein Bruder fragte, ob er bei Ramiro habe schlafen können, und Daniel erinnerte sich, dass sein Bruder gar nicht wusste, dass sein Freund schwul war. Im ersten Moment spielte er mit dem Gedanken, seinem Bruder zu erzählen, dass er bei einem Bekannten des Lastwagenfahrers mitgefahren war, der mit ihren Eltern zusammengestoßen war, entschied sich dann aber, das Thema besser doch nicht anzuschneiden. Vielleicht würde er ihm später davon berichten. Er fragte, ob sein Bruder etwas von der Arbeit im Kühlhaus gehört habe, konnte die Antwort aber nicht recht verstehen, weil ein Bus in der Nähe mit quietschenden Reifen bremste. Schließlich konnte er aber doch heraushören, dass das Hochwasser wieder zurückgegangen war und am Donnerstag die Lastwagen die Route wieder befahren würden. Daniel sagte seinem Bruder, dass er bis dahin wieder zurück sei. Sein Bruder fragte, ob er genügend Geld für die Rückreise habe, woraufhin Daniel meinte, er solle sich keine Sorgen machen, er habe genug Geld. Kurzerhand verabschiedete er sich und hängte ein. Er griff wieder nach dem Hörer, war schon im Begriff, die nächste Nummer zu wählen, hängte dann aber doch ein und lief in der Hitze in Richtung Botanischer Garten.

18

Das Kaninchen näherte sich mit einigen ängstlichen Sprüngen, und der Junge musste es wieder einfangen gehen, damit die Leute es nicht zertraten. Seine Mutter sagte zu ihm, er solle es wieder in den Schuhkarton setzen, aber er hielt es weiterhin in den Händen, und kurz darauf begann es erneut umherzuhüpfen. Daniel beobachtete das Schauspiel von den vorderen Sitzbänken in der großen Bahnhofshalle aus, während er darauf wartete, dass man die Ankunft seines Busses ankündigte. Es war elf Uhr morgens. Er schätzte, dass er noch vor Anbruch der Nacht in Curuguazú ankommen würde, und sah sich bereits am darauf folgenden Tag im Kühlhaus arbeiten, wo er in der Hitze, inmitten all der Lastwagen und der unzähligen hysterischen Hühner irgendwelche Zahlen notierte. Er würde nun die Strecke, für die er zwei Tage und nicht gerade wenige Mühe und Energie benötigt hatte, auf einmal zurücklegen. Er dachte an all die Personen, die er auf seiner Reise getroffen hatte, und ließ sie noch einmal in umgekehrter Reihenfolge an seinem inneren Auge vorbeiziehen: Gagliardi und sein Hund, der vom Sand zugeschüttete Arbeiter, Toro Reynoso und sein Sohn, die alte Frau vom Stand mit den Wassermelonen, die ferngesehen hatte, die beiden Soldaten, die Lehrerinnen, das Foto auf dem Altar von Yanina, der Lkw-Fahrer Víctor, der Gringo auf dem Floß, der Mann auf dem Fuhrwerk mit den Autoreifen. Er erinnerte sich an Fernando, an den Stein, den er schließlich doch nicht gegen dessen Rollladen geworfen hatte; er fragte sich, wie er seinem Freund erklären sollte, wieso er die Reise allein, in Ruhe, hatte machen müssen und dass er seine Angst, seine Unsicherheit mit niemandem hatte teilen wollen. Er fragte sich, ob er Fernando von seinem »ersten Mal« erzählen würde. Die Geschichte mit Sabrina Love würde ihm sowieso niemand abkaufen. Aber egal, es war alles in seiner Erinnerung wie eingemeißelt, für immer verewigt in der Narbe an seiner rechten Augenbraue. Er berührte den Verband, wollte ihn jedoch nicht abnehmen. Er wollte bei seiner Ankunft so aussehen: verletzt, gereift durch die Erfahrung und all die Kilometer, die er auf seiner Reise zurückgelegt hatte. Er fragte sich, ob sein Lächeln bis nach Curuguazú anhalten würde. Dann erinnerte er sich an den Verrückten auf der Straße, der ihm gesagt hatte, er solle gefälligst nicht so grinsen. Auch Sofía war etwas aufgefallen. Nachdem er mit seinem Bruder telefoniert hatte, war er zu ihr nach Hause gegangen und hatte geklingelt.

»Wer ist da?«

»Ich bin's, Daniel.«

»Ah.«

»Kann ich hochkommen?«

»Wenn du willst.«

»Ich komme. Aber vorher muss ich noch schnell etwas besorgen.«

»Nein. Nicht nötig, es wird nichts passieren.«
»Was meinst du damit?«
»Du brauchst nichts zu besorgen. Wir werden es nicht benützen, es wird nicht dazu kommen.«
»Was glaubst du denn, was ich kaufen wollte?«
»Das weißt du sehr genau.«
»Ich wollte Blumen kaufen.«
»Ich kann Blumen nicht ausstehen, komm schon hoch.«
Als er vor ihrer Wohnung stand, sie die Tür öffnete und seinen Verband sah, fiel Daniel ein, dass er sich noch gar keine Ausrede ausgedacht hatte, um den Zwischenfall zu erklären.
»Ich hab mir mit 'ner Flasche eins über den Kopf gezogen, damit du mich pflegst und wir weitermachen können, wo wir das letzte Mal unterbrochen worden sind.«
»Ach ja?«
»Ja. Aber mir ist die Hand ausgerutscht, und ich musste ins Krankenhaus.«
»Erzähl keinen Quatsch, was ist passiert?«
»Ein Typ hat mir eins mit dem Knie verpasst.«
»Wenn du so weitermachst, solltest du dich in Zukunft nur noch mit einem Helm auf dem Kopf auf die Straße wagen. Und deswegen bist du gestern Abend nicht gekommen?«
»Genau.«
»Damit du's weißt, ich hasse dich, und heute früh hab ich gedacht, es war sowieso besser, dass du nicht gekommen bist, weil wir uns eigentlich überhaupt nicht kennen.«
»Klar kennen wir uns«, wandte Daniel ein.
»Nein, tun wir nicht. Wollen wir doch mal sehen – als was arbeite ich?«

»Keine Ahnung. Als was denn?«
»Ich bin Arzthelferin in einer Praxis.«
»Und warum bist du dann zu Hause?«
»Dienstags ist keine Sprechstunde. Also weiter. Wie heiße ich mit Nachnamen?«
»Weiß nicht.«
»Bermúdez.«
»Sofía Bermúdez«, dachte Daniel und sah sie an. Sie trug Jeans und ein weißes Top. Sie war barfuß, und ihr Haar war nass.
»Weiter – woher kenne ich Ramiro?«, fuhr sie fort.
»Keine Ahnung.«
»Siehst du, dass du nichts über mich weißt? Ángel, sein Freund, war in derselben Theatergruppe wie ich.«
»Gut, jetzt, wo ich das alles weiß, kennen wir uns also so richtig«, sagte Daniel und musterte sie eindringlich.
»Mit dir ist irgendwas passiert«, sagte sie, »du hast einen ganz anderen Blick.«
Daniel lachte. Dann wurde die Abfahrt des Busses nach Curuguazú angekündigt. Er hob seine Tasche auf und lief zum Bussteig 27, kam an einem Kiosk mit Zeitschriften vorbei und wich den Gepäckstücken und Koffern der Leute aus, die bereits in Urlaub fuhren. Während er darauf wartete, seine Tasche in den Gepäckraum legen zu können, fiel sein Blick auf ein Pärchen, das sich mit einer innigen Umarmung voneinander verabschiedete.
»Warst du schon mal fest mit jemandem zusammen?«, hatte Sofía ihn gefragt.
»Nein«, hatte er geantwortet, »und du?«

»Einen richtigen Freund habe ich nur einmal gehabt.«
»Und warum habt ihr euch getrennt?«
»Weil wir zu verschieden waren. Er hat mir lächerliche Gedichte über die Begegnung von zwei Seelen geschrieben, er hat die Liebe für etwas Spirituelles gehalten.«
»Und was ist daran so schlecht?«
»Nichts ist daran schlecht. Aber ich meine, dass die Liebe nichts zu tun hat mit der Seele oder dem Geist – auf den Körper kommt es an, es geht um das Aufeinandertreffen von zwei Körpern, nicht von Seelen.«
»Und das ist alles, an was du dich bei deinem Exfreund erinnern kannst, dass er dir lächerliche Gedichte geschrieben hat? Fällt dir denn nichts Schönes ein?«
»Doch, da gibt es etwas, aber das ist etwas ganz Albernes.«
»Was denn?«
»Als er mich einmal mit dem Moped von der Schule abgeholt hat – ich war im fünften Jahr –, sind wir an der Plaza de Mayo vorbeigefahren, weißt du, wo die ist?«
»Ja, da war ich gestern.«
»Gut, als wir also am Rivadavia vorbeifahren, gleich neben der Plaza de Mayo, hat er irgendetwas mit dem Gaspedal von seinem Moped gemacht, und es hat eine Art Explosion im Auspuffrohr gegeben; das klang wie ein Schuss, und alle Tauben auf der Plaza sind vor Schreck in einer grauen Wolke aufgeflogen, und die Wachposten vor der Kathedrale sind zusammengezuckt, als ob sie beim Wachehalten geschlafen hätten. Ihm hat das einen Riesenspaß gemacht, und er hat sich halb totgelacht über den Taubenschwarm.«
»He, hast du was an den Ohren?«, fragte ihn der Busfahrer.

»Was ist?«

»Ich habe dir gesagt, du kannst deine Tasche in den Gepäckträger über den Sitzen legen.«

Daniel stieg in den Bus. Sein Platz befand sich auf der rechten Seite, neben einem kleinen Fenster. Es gab noch viele freie Plätze, die Leute reisten in der Regel erst sehr viel später im Jahr nach Curuguazú, wenn der Karneval begann. Daniel legte seinen Arm über die Lehne des Platzes neben ihm, der frei geblieben war.

»Wenn du diese Blutflecken nicht sofort auswäschst, kriegst du sie nicht mehr raus. Zieh das Hemd aus, dann steck ich es in die Waschmaschine. Warum starrst du mich so an?«

»Ich soll es ausziehen?«

»Ja, was ist denn los?«

»Erinnerst du dich an neulich, kurz bevor deine Schwester reingekommen ist?«

»Jetzt hör doch damit auf!«

»Und wenn wir bei der Sache mit den Trägern weitermachen?«

»Nein, nein. Das war vorgestern. Heute denke ich, es ist besser, wenn wir Freunde sind, wir können uns unterhalten, Musik hören …«

Daniel hatte sich ihr langsam genähert, während er sein Hemd ausgezogen hatte.

»Daniel, bleib, wo du bist.«

»Hast du nicht gesagt, ich soll mein Hemd ausziehen?«

»Ja, aber bleib dort drüben«, hatte Sofía erwidert und war lachend davongelaufen, damit er sie fangen sollte.

Der Bus fuhr pünktlich ab, der Fahrer legte den Rückwärtsgang ein, hielt dann so abrupt, dass die Bremsen stanken, und rollte schließlich auf dem Asphalt vorwärts. Es war ein sonniger, wolkenloser Tag. Daniel sah, dass sie eng an einem ärmlichen Haus und weiter vorne an einem Lager mit aufgestapelten Containern vorbeifuhren.

Sofía war in ihr Zimmer gerannt. Lachend hatten sie auf ihrem Bett miteinander gerungen. Sie hatte sich auf ihn gesetzt, als hätte sie ihn besiegt.

»Morgen muss ich nach Curuguazú zurück.«

»Das ist nicht wichtig, das ist morgen.«

»Kommt deine Schwester nicht?«

»Nein, sie ist für ein paar Tage nach Lincoln gefahren.«

»Ach ja?«

»Ja«, sagte Sofía und streifte sich einen Träger ihres Tops über die Schulter.

»Und sonst hat niemand mehr einen Schlüssel?«

»Nein.«

»Sicher?«

»Ganz sicher«, erwiderte sie lächelnd und schob den anderen Träger nach unten.

Sofía roch frisch geduscht, ihre Haut duftete nach süßem Parfüm und offenbarte das intime Ritual von Wasser, Seife und Schwamm.

»Hat es dir die Sprache verschlagen?«, hatte sie ihn gefragt und ihn dabei beobachtet, wie er sie musterte.

Umständlich hatten sie einander ausgezogen, behindert durch Reißverschlüsse, Schnallen und Knöpfe. Er hatte ihre Taille mit einem Arm umfasst und den anderen unter ihren Kopf gelegt. Sie schien die Augen nicht schließen zu wollen, machte sie zwar hin und wieder zu, aber doch nur für einen Moment. Sie hatte grüne Augen. Während sie sich liebten, griff er mitunter nach ihren Pobacken und drückte sie fest an sich, während er ihr sanft ins Ohr stöhnte.

Der Bus bog nun in die Seitenstraßen ab, vorbei an einigen alten Militärschuppen. Daniel erblickte die Kräne am Hafen, die wie riesige Dinosaurierskelette zwischen den Bäumen hervorragten.

Er hatte Sofía beobachtet, wie sie auf dem Rücken lag und schlief, und den Geräuschen gelauscht, die den Nachmittag erfüllten: den Motoren, die an einer Ampel wieder angelassen wurden, dem Stimmengewirr bei den Wechselstuben, dem Brummen, das lauter wurde, als es näher kam wie eine Erinnerung, den gleichmäßigen Schlägen auf einer Baustelle, einer Elektrosäge, die wie eine gigantische Zikade im Sommer klang, dem schrillen sporadischen Gehupe, dem kurzen Widerhall eines Motorrollers, einer Sirene; das ganze geschäftige Treiben des Tages hatte eine wohlklingende Architektur entstehen lassen, eine unsichtbare Kuppel, unter der Sofía schlief, als wären all diese Geräusche das Brausen ihres Traumes, der Lärm der Welt hinter ihren Augenlidern, hinter ihren Wimpern, im Inneren ihres Körpers, der der Länge nach ausgestreckt dalag im Dezemberlicht, das die Linie auf ihrem Rücken glänzen ließ.

Der Bus bog nun in die Calle Costanera in Richtung Norden ab. Daniel bemerkte den Rio de la Plata, dessen trübes Wasser bis zum Horizont reichte; ihm fiel auf, dass er überhaupt nicht an den Fluss gedacht hatte, er war durch die Stadt gelaufen, ohne daran zu denken, dass es dort auch einen Fluss gab. Vielleicht war dieses Wasser dasselbe, das ihm geholfen hatte, nach Buenos Aires zu kommen, und das sein Boot vorwärts getrieben hatte. Die Rückfahrt kam ihm vor, als würde er stromaufwärts fahren. Nun, da das Hochwasser zurückgegangen war, kam ihm die Landschaft wie tot vor, die Erde war aufgeschwemmt und stank, in den Zweigen der Bäume hatten sich seltsame Dinge verfangen, die von der Strömung mitgetrieben worden waren – Kleidung, Bretter, Baumstümpfe, Stroh und der Schlamm der Binsen und des Kamelottgrases –, die alles bedeckten, die sich in den Ecken festgesetzt hatten, in den Umkleidekabinen am Ufer, im Swimmingpool des Sportclubs, mit bunten Fröschen und Giftschlangen aus dem Norden. Er hatte Sofia noch eine Weile beim Schlafen beobachtet, danach war auch er eingenickt. Als er einmal seine Schlafstellung wechselte, sah er durch das Fenster, dass der Himmel mit einem rötlichen Glanz festlich erleuchtet war; als er später aufwachte, hatte der Himmel sich verdunkelt.

Sie bestellten chinesisches Essen.

»Is' das nur Gemüse?«

»Ja«, hatte Sofía geantwortet. »Alle Chinesen essen das und werden über hundert Jahre alt.«

Daniel hatte geschwiegen.

»Was ist los? Schmeckt's dir nicht?«

»Doch, doch. Ich denk nur grade zum ersten Mal, dass ich gerne sehr lange leben würde.«

»Ich denke immer, dass ich lange leben möchte.«

»Ich nicht. Gerade eben, als du das von den Chinesen erzählt hast, hab ich gedacht, dass ich gerne über hundert Jahre alt werden würde. Ich weiß nicht, warum, früher habe ich nie daran gedacht, dass man einmal stirbt und so.«

»Solche Gedanken hat man immer danach. War das dein erstes Mal?«

»Warum? War ich so schlecht?«

»Nein.«

»War dieses Stöhnen ein …?«

»Ja, das war zweifellos ein …«

»Orgasmus.«

»Zweifellos.«

»Ich habe noch nie einen so direkt miterlebt.«

»Noch nie? Wann war denn dein erstes Mal?«

»Zuerst erzählst du mir von deinem ersten Mal und danach ich dir von meinem.«

»Gut. Ich war fünfzehn, und es war mit einem Freund meiner Schwester, auf dem Autorücksitz.«

»Was für ein Auto war es? Das ist sehr wichtig.«

»Weswegen?«

»In Curuguazú sagt man, es ist ein großer Unterschied, ob man es in einem Chevy macht, wo man Platz für alle möglichen akrobatischen Stellungen hat, oder in einem Fiat Seicento, wo man total eingezwängt ist.«

»Sieh mal einer an, was für schlimme Kerle ihr doch in Curuguazú seid.«

»Mein Bruder und meine Freunde unterhalten sich den ganzen Tag darüber, sie fahren mit den Mädchen im Auto zum Paso de Jaime, einem Badeplatz ganz in der Nähe.«

»Und du gehst nie dorthin?«

»Doch, aber nur zum Fischen.«

Daniel bemerkte, dass die Klimaanlage im Bus eingeschaltet war. Er dachte daran, seinen Anorak aus der Tasche zu holen, war aber zu müde. Sie waren die ganze Nacht wach geblieben, bis er gehen musste, um bei Ramiro seine Sachen abzuholen. Im Morgengrauen war er im Lift nach unten gefahren, als würde er für immer hinabfahren zu einem Leben ohne Frauen, ohne Sofía, ohne Sabrina Love; er hatte das Gefühl, als kehre er zu der dunklen Wärme seines Zimmers auf dem Land zurück, zu den Faltpostern an der Wand und dem fernen Gebell mitten in der Nacht. »Wenn dir die Puppen erst mal den Kopf verdreht haben, bist du verloren«, hatte Gagliardi ihm gesagt; er dachte an den tobenden Taxifahrer, der von der Straße aus zu der Wohnung einer Frau hinaufgeschrien hatte.

Er konnte den Flughafen, die Hallen und einige alte Flugzeuge erkennen, die unbeweglich in der Hitze standen. »Wir könnten für ein paar Tage ans Meer fahren. Wir trampen und schlagen unser Zelt zwischen den Dünen auf«, hatte sie im grauen Halbschatten der Morgendämmerung vorgeschlagen. »Ich kenne einen fast verlassenen Badeplatz, der heißt ›Die Möwen‹. Kannst du dir die ersten vierzehn Tage im Februar freinehmen?«

»Ich denke schon«, hatte er gesagt.

»Ich warte hier auf dich, dann gehen wir zusammen dorthin.«

Daniel lehnte den Kopf an die Scheibe. Der Bus, der nun schon die letzten Ampeln hinter sich gelassen hatte, beschleunigte. Er würde bis Februar warten müssen, um Sofía wieder zu sehen, bis dahin war es noch mehr als ein Monat.

Vielleicht konnte er versuchen, in diesem Jahr in Buenos Aires ein Medizinstudium anzufangen, vielleicht könnte er in einer Pension wohnen und einen Halbtagsjob annehmen ... Hinter ihm zogen Bäume, das Geländer am Ufer und der glitzernde Fluss vorbei.

»Jetzt hast du mir gar nicht mehr erzählt, wie dein erstes Mal war.«

»Ach, ja ...«

»Und, wie war es? Erinnerst du dich noch daran?«

»Ja, ich kann mich noch gut daran erinnern.«

»Und?«

»Es war mit ... einer Pornodarstellerin.«

»Sag bloß! Und man hat dich dabei gefilmt?«

»Nein, wir waren alleine, eine Nacht lang.«

»Und wie viel hast du ihr gezahlt?«

»Gar nichts, ich hab bei so 'ner Art Verlosung gewonnen, die sie über eine 0600er-Nummer gemacht haben.«

»Im Ernst? Und wann war das?«

»Ähm ... vor 'ner Weile.«

»War das eine von denen, die sie in Großaufnahme filmen, so als eine Art Dokumentationsfilm für Außerirdische über die menschliche Fortpflanzung?«

»Ja.«

»Und wie hieß sie?«

»Sabrina.«

»Und was hat sie mit dir gemacht?«

»Ist das ein Verhör?«

In der Mitte des Busses war ein Fernseher angebracht, auf dem wohl Videofilme gezeigt wurden. Daniel vermutete, dass man ihn nur bei Nachtfahrten benutzte. Auf dem schwarzen Bildschirm spiegelten sich die Sitze und Köpfe einiger Fahrgäste. Er bewegte seinen Kopf von einer Seite zur anderen, bis er seine eigene graue Silhouette ausmachen konnte, die, einem Schatten gleich, kaum auf der Glasscheibe zu erkennen war. Sie fuhren auf die Autobahn, die Häuser hinter ihnen wurden immer kleiner, und Daniel schloss die Augen, um ein wenig zu schlafen.